DE LA MÊME AUTEURE

MANHATTAN, roman, Arléa, 2009
PÔLES MAGNÉTIQUES, roman, Arléa, 2012
QUITTER VENISE, roman, Mercure de France, 2014
L'ENFANT SANS VISAGE, roman, Mercure de France, 2015
LE PAYS DONT JE ME SOUVIENS, roman, Mercure de France, 2017

L'INTIME ÉTRANGÈRE

Anne Révah

L'INTIME ÉTRANGÈRE

ROMAN

MERCVRE DE FRANCE

À Laurence, Lise, Aurore
À ma mère

Rien ne s'est jamais vraiment produit jusqu'à ce qu'on le décrive.

VIRGINIA WOOLF

Saint-Mandé. Tu t'es demandé qui était saint Mandé, tu as besoin d'êtres humains, tu as cherché, c'était un saint qui s'occupait de maladies et de morsures de serpent, tu n'as pas lu très attentivement, tu ne t'es pas sentie proche de lui, tu n'aimes pas les serpents, ils te font peur, ils font mourir, tu es passée à autre chose. Puis tu as voulu savoir qui étaient les gens connus qui seraient nés à Saint-Mandé, parce que tu es née à Saint-Mandé à présent, pour ta première vie c'était Paris onzième arrondissement, et pour la seconde qui a commencé par un étonnant voyage, tu es née incontestablement à Saint-Mandé. Tu as trouvé qu'Alexandra David-Néel y est née aussi, l'exceptionnelle voyageuse qui arriva incognito à Lhassa en 1924, l'aventurière absolue est donc de Saint-Mandé. Tu t'es dit que ce n'était pas un hasard, mais plutôt un message, toi tu es une grande voyageuse, c'est indéniable, tu en as parcouru des territoires inexplorés, et tu en es revenue. On t'a ramenée plutôt, tu ne serais pas rentrée seule. Mais Alexandra, tu te permets cette familiarité, est partie très longtemps, pas toi, ce n'est pas une différence tellement importante. Vous avez eu des aventures, fait des rencontres, et vous êtes toutes les deux parvenues au cœur de cités interdites, ça ne s'invente pas, voilà qui vous lie assurément. Le seul problème, c'est qu'Alexandra peut raconter son voyage, le célébrer, on peut aussi le vanter pour elle, le tien c'est plus délicat, il fait peur, met mal à l'aise, il laisse sceptique sur qui tu es, tu n'as pas de quoi faire un récit merveilleux et séduisant, vous ne touchez pas les mêmes publics, ce n'est pas grave, tu t'en accommodes, tu le sais toi que tu as fait un incroyable voyage, personne ne pourra te dire le contraire, et même si on te contraignait à le garder secret, ce n'est pas pour ça qu'il n'a pas existé.

Le seul problème c'est que tu ne te souviens de presque rien. Huit semaines hors du monde. Le temps venu du retour. Et si peu de souvenirs. C'est difficile à supporter. Tu aimerais alors qu'on te raconte, qu'on te rende ce que tu as vécu, mais ils répondent tous la même chose, ils ne veulent pas te dire. C'est trop tôt, c'est encore trop dur. Ça a été si dur à vivre. Toi tu ne sais plus ce que tu as vécu. Ce qui t'en reste est dérisoire. On te dit que tu vas tellement mieux, que les semaines passées ont été terribles alors là maintenant on te trouverait presque en forme. Mais tu veux savoir ce qui s'est passé. On t'avait dit qu'avec les électrochocs il y avait des problèmes de mémoire, comme des vides brutalement, tu les subis. Tu as été prévenue, mais ça ne rend pas les vides supportables. Tu as besoin de retrouver l'histoire. Chaque jour tu espères que plus de bribes, plus d'images vont te revenir et que tu retrouveras ton histoire.

Ce n'est pas la question du pourquoi c'est arrivé, tu n'en es pas là, chaque chose en son temps. Tu veux des faits, une chronologie. Parce que tu as gardé les sensations, l'écho de certaines phrases prononcées, des repères, mais il y a des semaines entières qui sont dénudées, surtout l'hospitalisation, il t'en reste si peu. C'est à peine croyable, tu as tout déballé là-bas, sans te cacher, tu as montré la folie qui t'avait prise, tu as donné à voir, à entendre, mais toi tu ne sais plus à quoi ça ressemblait cette exposition de la vérité de toi. Alors concrètement tu veux faire comment ? Tu vas essayer de mettre de l'ordre dans les restes et puis tu iras récupérer ce qui manque.

Tu as été très folle, et maintenant tu es presque guérie. Tu as passé du temps dans un monde inconnu, peuplé de certitudes incongrues, monstrueuses, désorganisées et pourtant limpides, brutales et intraitables. Un monde dont tu as cru sans douter qu'il était réel, imposant, et dont la réalité fait mal à en crever. C'est arrivé. C'est aussi simple que ça, c'est arrivé. Après ça, tu vas changer, on change forcément après un voyage pareil, et puis le regard des autres sur toi va changer, ce n'est pas pareil d'avoir été folle ou de ne jamais avoir été folle. Le monde se scinde entre les fous et les autres, toi tu n'es pas restée folle, c'est ça qui est important, mais c'est arrivé et c'est définitif. Personne ne va t'en parler, mais ils y penseront les uns et les autres, ils s'inquiéteront que tu rechutes, surtout si tu ne dis pas pourquoi c'est arrivé, ils imagineront que tout est possible, que tu es fragile, à risque, donc ce ne sera plus pareil avec ceux qui savent que tu as été folle. D'ailleurs, tu mets une application importante à dire la vérité à tout le monde, comme si tu voulais qu'on sache bien ce qui est, et donc qui tu es, tu penses que si tu mens sur ce qui se passe, tu te stigmatises toi-même, tu as suffisamment honte de toi, pas la peine de raconter des salades, lève la tête, c'est bien toi, même folle c'est toujours toi, et tu veux que ça se sache, qu'on te prenne tout entière, avec ta folie, parce qu'elle est toi aussi, pour toujours.

Comment dit-on parfois quand on veut qualifier de manière positive un événement, on dit que c'est une aubaine, une opportunité ? C'est ça peut-être. Tu ne peux pas savoir encore, tu verras plus tard, quand tous les morceaux seront bien remis ensemble, là tu pourras te rendre compte que tu as trouvé des choses bonnes dans toute cette violence en toi, dans toute cette violence contre toi-même.

Au commencement. Tu as vécu un commencement, tu le visualises qui s'étire sur des mois, pas une chute abrupte, mais une longue glissade, ça tu le sais. C'est progressif et incontrôlable. Tu passes des semaines, non des mois, à sentir que tu n'en peux plus, un épuisement te tient lentement prisonnière et chaque jour devient une punition. Les contraintes, les luttes, les difficultés, toutes les vicissitudes de l'existence te semblent insurmontables et tu n'as plus de joie. Exactement comme ça. Et puis un jour des envies de mourir se montrent sur la scène, imposantes, irrépressibles, sans prévenir, tu ne peux pas dire il y a eu tel événement et les envies de mourir sont arrivées, elles glissent en toi et s'installent, se calent. Évidemment d'abord tu te raisonnes, tu te censures, tu te parles pour contourner le problème, tu ne peux pas faire ça aux enfants, à ta compagne Valentine, leur amour pour toi ne mérite pas ta mort, tu essayes activement d'ignorer les ombres suicidaires à l'intérieur de toi. Tu décides même que tu dois avoir honte de tes obsessions menaçantes. Tu fais semblant qu'elles n'existent pas, mais elles résistent à ton mépris, en fait tu veux mourir, et chaque matin, ta mort te semble nécessaire, seule issue à ton épuisement, à ta douleur grandissante. Parce qu'il y a ça aussi, tu as mal. Au cœur d'abord, et puis la douleur s'étend, s'infiltre. Ce n'est plus en un endroit précis de ton corps, tu ne peux pas dire où tu as mal, mais c'est là quelque part en suspension dans ta poitrine, au creux de ton ventre, ça te prend si fort, tu en pleures parfois quand tu es seule. On peut avoir mal à en pleurer, avoir mal à en mourir.

Et puis tu as mauvaise mine, l'appétit te manque à présent. Valentine te demande d'aller voir un psychiatre, tu ne peux pas continuer comme ça, tu l'inquiètes, il faut faire quelque chose, il faut retrouver de la joie, retrouver la vie en toi, ça ne peut pas durer.

Tu acceptes, bien consciente que tu es en train de sombrer et que tu ne sais pas comment arrêter la chute. Sinon tu vas finir par céder aux sirènes de la mort.

La psychiatre que tu as trouvée est aimable, juste ce qu'il faut de chaleur humaine, tu lui dis sans dissimuler, cela fait plusieurs semaines maintenant, des mois donc, que tu subis une fatigue inouïe, une douleur radicale, une tristesse implacable, et maintenant il y a les envies de suicide, elles sont tenaces, tu as envie d'en finir, tu ne le feras sans doute pas à cause des enfants surtout, mais ta réalité est tranchante, la mort te réclame. Tu parles une vingtaine de minutes, tu expliques, tu détailles, tu partages. Et la psychiatre te dévisage. Vous voyez bien que vous êtes gravement déprimée. D'ailleurs tu t'es mise à dormir toute la journée pendant les vacances, tu ne veux plus lutter. Il faut vous hospitaliser pour vous protéger de vos envies suicidaires. Pas question, sûrement pas. Il y a des cliniques très bien. Tu ne veux pas, tu n'iras pas. Alors en attendant je vais vous donner un traitement sédatif pour calmer les angoisses de suicide, on va voir comment vous êtes dans quelques jours, et on reparlera de l'hospitalisation tranquillement. La psychiatre calme et convaincue te propose de l'appeler en fin de semaine pour faire le point. Tu acceptes docile.

Les cachets ne font rien, tu veux toujours mourir, tu as honte, tu dois te tenir correctement, tu n'y arrives pas. Au téléphone, la psychiatre recommence, il faudrait vous hospitaliser. Sûrement pas, tu ne vas pas aller en psychiatrie, de quoi aurais-tu l'air ? Tu ne l'appelles plus, tu annules le rendez-vous prévu, tu te renfermes, tu ne dis plus rien de ce que tu ressens. Tu arrives à mettre les idées suicidaires de côté, la honte te tient debout et faussement solide. Tu fais des efforts qui ont l'air payants, tu supportes mieux ta fatigue et ta tristesse, tu les négliges.

Tu ne sais pas combien de temps ça a tenu. Mais ça a tenu. Pourtant Valentine ne te croit pas, il faut que tu trouves quelqu'un en qui tu aies confiance et qui t'aide, ce n'est pas fini, je vois bien que ce n'est pas fini, tu as maigri, tu manges peu, tu as toujours mauvaise mine et je pense que tu ne me dis pas ce que tu ressens vraiment. C'est vrai.

Tu cherches un autre psychiatre. Tu le trouves. C'est Guillaume. Tu ne sais plus comment s'est passée la rencontre, tu vois un bureau en désordre, peut-être un entretien très long, mais tu ne sais plus ce qui s'est dit, en tout cas ce que tu sais c'est que tu sors de là avec un antidépresseur et des anxiolytiques. On va voir si vous répondez aux antidépresseurs. En fait tu ne réponds pas, on double la dose, on augmente encore les anxiolytiques, tu dors tout le temps, tu ne vas plus travailler, tu ne manges plus, tu vas perdre six kilos en deux semaines, tu caches les envies de suicide, tu imagines en secret des manières de faire, te jeter sous une voiture, prendre tous les médicaments de ta pharmacie, te pendre, oui te pendre. Tu es fantomatique. Les enfants n'osent pas te parler, elles ont peur. Valentine te surveille, elle se méfie, le psychiatre s'inquiète. Valentine décide de t'emmener à la campagne pour que tu voies la nature. Tu ne vas pas quitter ton lit, tu refuses de te nourrir, et la douleur prend toute la place. Un matin tu cries en te réveillant, tu es couchée seule dans ton lit, Valentine est dans le jardin, elle t'entend hurler au secours. Au secours.

Il y a d'autres choses que tu n'as pas encore dites. C'est difficile d'en parler, mais c'est là, tu ne sais pas d'où ça vient, en fait tu entends une voix, elle dit « Jette-toi », tu l'entends distinctement, Jette-toi, plusieurs fois par jour, tu comprends bien ce que ça veut dire, il faut te jeter par la fenêtre. Tu ne peux pas décrire si c'est une voix de femme, la tienne, ou un homme, mais elle te donne ces ordres très clairs, il va falloir obéir « Jette-toi, jette-toi ». Tu n'as rien dit à personne. Tu te débrouilles avec cette voix.

Valentine t'a entendu hurler au secours, elle est assise maintenant près de toi, elle te prend dans ses bras. Tu lui dis que tu veux en finir, tu pleures comme une petite fille égarée. Attends mon cœur je vais te chercher un verre d'eau, tu as la bouche sèche.

Elle sort rapidement de la pièce, elle prend son téléphone, elle est affolée, elle appelle le psychiatre. Je crois que là on a franchi un cap, Suzanne crie au secours et dit qu'elle veut en finir... Il faut rentrer à Paris, je vais l'hospitaliser dès demain, d'ici là il ne faut pas la laisser seule, elle a une mélancolie, le risque suicidaire est très important, il faut la surveiller.

C'est simplement comme ça que la décision de t'hospitaliser est prise. À la clinique de Saint-Mandé.

Valentine te dit gentiment qu'il faut rentrer à Paris pour retourner voir le psychiatre, pour t'aider mieux que ça, elle ne mentionne pas l'hospitalisation. Tu te lèves péniblement, tu ne rassembles pas tes affaires, tu n'as aucune force, tu te laisses ramener, et dans la voiture tu te tais. Il y a des idées bizarres qui s'imposent. Tu ne les dévoiles pas. Pas encore.

En fait, tu sens distinctement qu'un pourrissement est en train de te prendre, la putréfaction de ton propre corps qui va disparaître, et tes organes ont déjà disparu. La douleur physique est liée d'après toi à ce pourrissement, tu as dû faire quelque chose de grave pour pourrir de la sorte. Ce qui arrive est de ta faute, c'est certain. Surtout ne rien dire. Tu ne peux pas arrêter cette catastrophe, les organes n'existent plus et tu vas devoir mourir, Jette-toi, tu es envahie, ça fait mal à en crever.

Le lendemain matin, tu te laisses emmener à la clinique, tu ne résistes pas, tu n'en peux plus, tu as trop mal. Au secours.

Le psychiatre de la clinique t'écoute attentivement, tu aimes son visage, son sourire, il a l'air sincère. Vous allez très mal, on va commencer un nouveau traitement et faire très attention. Tu lui coupes la parole, là j'entends Jette-toi… Je sais, ici vous serez protégée et il va falloir faire des électrochocs, vous être trop mal, les médicaments ne vont pas suffire.

Alors c'est donc ça, tu es folle, les électrochocs c'est quand on est devenu fou. Au secours.

Tu veux une seule chose, être anonyme, que personne ne puisse savoir que tu es devenue folle, si jamais tu croisais quelqu'un qui te connaît, il te faut un autre nom que le tien, tu es intransigeante, tu seras Madame Durand, pour tout le monde, les infirmières, les aides-soignantes, le médecin peut bien savoir que ce n'est pas ton nom mais il doit t'appeler comme ça. Tu es très inquiète qu'on sache que tu es dans une clinique psychiatrique et qu'on sache ce qui t'arrive, tu veux être à l'abri, personne ne cherche à te faire changer d'avis. Madame Durand a la chambre 409.

Tu es capable de te taire, de ne pas parler du pourrissement, des organes qui ont disparu, du Jette-toi. Si le psychiatre de la clinique que tu vois tous les jours te questionne sur ces points, tu dis les choses, sinon bouche cousue. Ton corps ne t'appartient plus tout à fait, il a changé, dedans ça pourrit, et tu ne sens pas le pourrissement, tu le sais, tu ne sens plus rien qui te permette de te reconnaître, ton corps te fait mal et tu ne le sens plus, il faut comprendre cela, l'apogée de l'anesthésie et de la douleur mêlées. Tes pieds sur le sol quand tu marches ne te portent plus, tu es dans un autre monde à présent, quand on te prend le bras, la main, tu ne supportes pas qu'on t'effleure, ta peau a changé, elle est fragile, tout est signe de fragilité.

Tu t'habilles mal, tu portes plusieurs couches de vêtements, tu ne sais rien de la température, ton corps ne sent ni la chaleur ni le froid.

À la sortie de l'ascenseur, il y a un palier. À gauche, le poste infirmier vitré, une petite salle avec trois canapés pour que les malades puissent s'installer tranquillement, à droite deux couloirs parallèles avec des chambres individuelles, et une minuscule terrasse avec deux chaises pour les fumeurs. Chambre 409, tu as une grande fenêtre bloquée, avec vue sur les immeubles modernes juste derrière la clinique.

Valentine t'a dit que le bois de Vincennes était tout près. Tu vas avoir le droit d'y aller pour te promener avec ton chien, à condition bien sûr que Valentine soit avec toi. Tu vas y aller deux ou trois fois, tu ne sais plus, parce qu'après tout le monde sera confiné. Et avec le confinement, il n'y aura plus de sortie, plus de promenade, plus de visite de Valentine, plus d'électrochocs parce que le respirateur utilisé par l'anesthésiste va être donné à un service de réanimation.

Tu ne fais rien, tu dors, tu regardes la télévision, tu surveilles la voix. Le personnel est très gentil, on vient te voir, on vérifie que tu vas bien. Les repas sont bons, tu as recommencé à te nourrir, surtout les soupes que tu aimes.

Dans ton couloir, juste face à ta chambre, il y a un homme jeune, tu lui donnes vingt-deux ans, pas plus, il passe toutes ses journées enfermé, quand il ouvre sa porte et que tu le croises, il a chaque fois un casque sur les oreilles, et le visage imperturbable, vous vous dites bonjour aimablement, et un soir tu oses, vous êtes là pour quoi vous ? J'ai un délire paranoïaque, et vous ? Une mélancolie délirante… C'est quoi ? Une dépression avec du délire… Ah…

Pacha est ton setter irlandais de huit mois, son poil couleur châtaigne a des reflets brillants. Pacha est vif, mais il est tendre, il se colle, se dresse sur ses pattes arrière pour poser ses pattes avant sur tes épaules, puis se blottir. Pacha court comme un cheval au galop, c'est beau à voir, et quand tu l'appelles il revient vers toi dans une chevauchée joyeuse. Au bois de Vincennes, il y a des joggeurs, et beaucoup de chiens avec leurs maîtres. Pacha a besoin d'être dehors, mais toi tu supportes mal d'être dehors, on te donne des permissions pour que tu voies Pacha, tu n'as pas d'énergie pour supporter la sienne, tu n'aimes pas le vent. Tu auras trois promenades avec Valentine et Pacha, ce ne sera pas un plaisir. Tu aimes quand Valentine est là, tu peux lui dire ce que tu as en tête, ce qui tourne en boucle, qui ne tient pas debout, qui te sidère, qui t'éloigne du monde.

Il y a les enfants aussi, elles viennent te voir, tu ne sais plus, Valentine leur a dit que c'était très dur de te voir dans un état pareil. Et tu les appelles aussi, et là c'est chaotique, tu mélanges tout, tu dis les idées folles, le Jette-toi. Apparemment ta propre voix a changé, tu ne t'en rends pas compte, une de tes filles te fait remarquer cela. Les idées folles ont mangé ta voix. Elle est grave d'habitude, là elle est saccadée, dure, plus aiguë aussi.

Tu téléphones beaucoup, tu ne sais plus quand, ni à qui, tu veux raconter et là tu ne sais pas t'arrêter, tu dis tout ce qui te vient et te coince dans un monde à part. À l'autre bout du fil, ils se taisent, ils ne savent pas quoi dire, ils ont peur pour certains, de la peine aussi de t'entendre dans cet état-là. Et toi tu parles, tu parles. Il y a un problème à chaque fois, ta voix est comme déformée, ce n'est pas toi comme d'habitude. On ne te dit rien, tout le monde fait attention.

Il faut te faire un scanner, on t'accompagne dans un cabinet en ville, c'est une aide-soignante, cheveux en queue de cheval, peau mate, souriante, par moments elle te tient la main. Tu te tais, ton visage est tendu, pris d'angoisse, le Jette-toi ne te laisse pas tranquille, tu n'oses pas le dire, mais l'aide-soignante sent bien que ça ne va pas, elle essaye de te rassurer, tu as soif, elle t'achète un Coca dans un distributeur, juste à l'entrée du cabinet, tu ne veux pas faire le scanner, tu ne veux pas être seule, alors l'aide-soignante vient avec toi, elle te parle, c'est bientôt fini, on va rentrer à la clinique, vous pourrez dormir si vous voulez, mais il faut faire le scanner.

Tu te soumets, tu as mal, quelque part, c'est vague mais

ça fait très mal, peut-être que c'est ton cerveau qui est malade, il y a bien quelque chose chez toi qui ne fonctionne pas, tes organes, le pourrissement, ça va se voir au scanner, après on te laissera tranquille.

Vous allez avoir des électrochocs, il faut vous sortir de là… Tu ne veux pas, tu as peur, ça fait mal sûrement… Ils t'ont dit ça quand ? Tu ne sais plus.

Les appareils de convulsivothérapie délivrent des stimulations électriques par impulsions, de durée de 0,5 à 2 millisecondes, de fréquence 70 hertz, avec une durée totale de l'ordre de 6 secondes et une énergie de l'ordre de 70 joules.

Il faut soumettre le patient à un choc électrique suffisamment fort pour déclencher une crise d'épilepsie d'environ 25 secondes.

La notice technique des appareils de sismothérapie indique une intensité maximale de 800 milliampères, une durée maximale de 6 secondes, et une énergie maximale de 211 joules.

Il s'agit donc d'envoyer un courant électrique au niveau cérébral afin de créer une crise d'épilepsie. L'intérêt repose sur un phénomène physiologique : par réflexe de défense et de survie, lors d'une crise convulsive le cerveau va sécréter différents neurotransmetteurs et neurohormones (dopamine, noradrénaline, sérotonine) impliqués dans les troubles de l'humeur. Ces substances vont stimuler les neurones et favoriser la création de nouvelles connexions neuronales.

Contrairement aux débuts de la sismothérapie, le patient est aujourd'hui mis sous anesthésie générale courte (5 à 10 minutes) et on lui injecte du curare, pour provoquer une paralysie des muscles, éviter les convulsions musculaires et les blessures.

Le médecin psychiatre place des électrodes sur la tête du patient, pour contrôler l'activité cérébrale durant toute la procédure. Puis des stimulations électriques répétées et de très courte durée (moins de 8 secondes) d'un courant de très faible intensité sont délivrées au niveau du crâne afin d'entraîner la crise convulsive d'une trentaine de secondes.

Le patient est donc installé, c'est-à-dire qu'on place des appareils de mesure de la tension artérielle, des battements du cœur, de l'oxygénation du sang pour la surveillance de l'anesthésie ; on enregistre également l'électroencéphalogramme.

Une perfusion est nécessaire pour l'anesthésie générale. Les électrodes crâniennes sont collées au niveau du front. Le patient est anesthésié et le curare d'action rapide et courte (de préférence la succinylcholine) est administré. On protège les dents du patient avec des compresses, car les mâchoires peuvent se serrer fortement. La bonne oxygénation du patient est assurée par une ventilation manuelle avec un masque et un ballon.

Le courant est toujours délivré brièvement. Il provoque la crise convulsive, qui se résout en quelques minutes au maximum. On a observé une meilleure efficacité des séances si l'arrêt de la crise est net.

L'anesthésie se termine, et le patient se réveille peu après.

Il est le plus souvent confus au réveil, cette sensation disparaît plus ou moins vite selon les patients. La personne est alors surveillée en salle de réveil, en attendant que l'anesthésie se dissipe totalement.

Il y a une patiente qui fume beaucoup, tu la croises sur la terrasse, elle a l'air de souffrir, elle ne veut pas parler d'elle, elle fait de l'humour un peu lourd sur le manque de place que vous avez sur la terrasse. Elle te dit qu'elle t'a vue revenir des électrochocs, et que tu avais l'air à l'ouest. Tu ne sais pas. Quand tu reviens des électrochocs tu ne te souviens de rien, tu ne sais plus où tu es, et tu as terriblement mal à la tête, ça dure des heures, ça se calme, jusqu'à la prochaine séance. Mais indéniablement ça te fait du bien, tu as peur avant, et le soir tu en rigoles, parce que ça fait presque s'effacer le Jette-toi et les idées folles. Tu en rigoles.

Les séances ont lieu deux à trois fois par semaine, l'anesthésiste est une femme dont tu aimes la présence, elle est apaisante, le psychiatre qui gère la crise n'est jamais le même, ça tourne entre les différents psychiatres de la clinique, on te dit que tu fais de belles crises, c'est sûrement important. Toi le moment que tu préfères c'est quand on t'endort, tu adores ça, tu pars sans t'en rendre compte, une petite glissade. Le réveil c'est moins bien, tu poses toujours les mêmes questions, vous êtes qui, je suis où, ça fait longtemps que je suis dans cette clinique, pourquoi je suis là, où est ma chambre alors, vous m'avez endormie ?

Après on te ramène dans ta chambre, Valentine est là, tu es perplexe, la tendresse de Valentine te paraît lointaine. Tu te couches et tu essayes de dormir, tu as trop mal à la tête. Tu ne sens que ta tête, le reste du corps n'existe pas.

À chaque électrochoc c'est le même enchaînement, tu as mal à la tête, tu ne reconnais rien ni personne, tu dors, et dans les heures qui suivent, le délire s'en est allé, les hallucinations aussi, tu pleures d'être hospitalisée, tu pleures de te rendre compte de ce qui t'arrive, tu questionnes Valentine, à qui a-t-elle dit que tu étais dans cet état ? Combien de temps ça va durer ? Puis les heures qui t'éloignent de l'électrochoc te ramènent les idées délirantes et tout ce qui va avec, ça recommence, le désordre revient, c'est pour ça qu'il faut faire plusieurs électrochocs pour que tu sois de plus en plus longtemps sortie de ton gouffre délirant, pour l'instant c'est fragile et tu disparais régulièrement dans ton monde. Le soir après les électrochocs tu ris et tu pleures, ça se mélange, tu es déboussolée, Valentine aussi, de te voir comme ça. Les patients qui te croisent, t'observent, tes rires et tes larmes bruyantes, ça ne passe pas inaperçu, on ne sait pas bien si tu te rends compte de ton propre état. La bonne nouvelle dans tout ça, c'est que tu répondes bien au traitement par la crise d'épilepsie, tu es sensible à ce qu'on te colle un petit courant là entre deux spatules sur ta boîte crânienne, tu disjonctes, tu vibres sans bouger, et apparemment ça te remet les idées en place, ce n'est pas toi qui fais un chemin pour te soigner c'est le courant électrique qui t'ébranle, incroyable quand tu y penses, un coup dans le cerveau et fini la voix, les élucubrations sur un crime que tu as commis, tes morceaux de toi qui se baladent, un bon petit coup dans la tête et tu retrouves tes esprits, on aurait pu mettre tes doigts dans une prise pour voir si ça fait la même chose.

Au rez-de-chaussée dans la petite salle avec la gentille anesthésiste, tu y vas sans rechigner, d'ailleurs tu t'es soumise facilement, à part pour la première séance où tu étais terrorisée, mais après c'était sans problème, parce que tu as vite compris que c'était la seule solution, parce que tu perçois par moments que ce que tu penses, ce que tu sens, ce que tu dis, ce n'est que du désordre, le monde de la réalité est là et toi tu trimballes un autre monde qui ne prend pas toute la place, il y a des moments de lucidité, de petites fissures, ce sont elles qui te font éprouver de la honte, c'est lorsque tu te rends compte que tu es partie vraiment ailleurs, alors tu t'en veux, ça se rajoute au crime, tu t'en veux de tout ce qui arrive, tout est de ta faute. Un crime et une faute. La honte.

D'ailleurs même si tu ne te rends pas compte que tu délires, il y a une chose dont tu souffres c'est l'angoisse, il faudrait une manière de la quantifier, là elle explose les manomètres, c'est une angoisse terrible, la voix du Jette-toi, les hallucinations, tout ça te colle cette angoisse monumentale, tu ne sais pas comment la décrire, tu voudrais t'enfuir, mourir pour qu'elle s'arrête, il y a un moment particulier qui te fige c'est quand tu ne sais pas qui est Valentine, en fait tu comprends bien que c'est ta compagne, c'est apparemment certain, mais toi tu ne le sens pas quand tu la regardes, la reconnaître ou ne pas la reconnaître, tu ne sais pas ce qui se passe, et tu sens un flottement qui t'aspire, l'angoisse qui te broie, de la même manière tu n'as pas reconnu tes enfants quand elles sont venues te voir, elles ont dit qu'elles étaient tes filles, tu n'as pas d'enfants, et ça flotte, ça t'emporte, ça fait mal, cette angoisse-là cède aussi au courant électrique, il est magique, une chance quand tu y penses, c'est souple un cerveau, ça prend bien les impulsions pour le remettre en place, il a pris une mauvaise forme et en quelques petits coups de massue il se recale au bon endroit, c'est beau la technique, c'est émouvant un cerveau qui frissonne pour reprendre la réalité comme elle est. Avec les médicaments bien sûr. Tu as de la gratitude pour les électrochocs, c'est sans ironie, tu le penses vraiment, ça t'a sauvé la vie, sinon le voyage aurait mal tourné, c'est certain, tu aurais fini par mourir en cours de route. On a évité que ça ne vire au sale voyage en fait.

Valentine te parle d'un virus qui inquiète tout le monde, tu n'en sais rien, il y a un confinement qui commence, tu ne comprends pas bien, mais Valentine te montre comment te laver les mains, ne pas toucher les poignées de porte, ne pas rester trop près des patients et du personnel, tu dois faire attention, et en plus tu n'auras plus de visites, elles sont interdites à cause du virus. Ce n'est pas possible. C'est juste inenvisageable. Et pourtant. Valentine ne vient presque plus, tu as réussi à la voir une fois dans la rue, sans demander la permission de sortir, elle s'est garée devant la clinique, les chiens sont là aussi, tu ne supportes pas de ne pas la voir, le téléphone ne suffit pas, il y a moins d'idées folles grâce aux électrochocs, Valentine dit que c'est tout ce qui compte, tu veux rentrer à la maison, on t'a dit que les électrochocs allaient s'arrêter, ils vont devoir prêter le respirateur de l'anesthésie à un service de réanimation, à cause du virus, encore le virus, la rue devant la clinique est silencieuse, pas une voiture, pas un marcheur, tu voudrais aller au bois regarder Pacha courir, mais tu n'as pas le droit de t'éloigner comme ça. Tu retournes à ta chambre, tu te laves les mains avec du gel hydroalcoolique, tu allumes la télévision, mais tu veux fumer, tu ressors de ta chambre, tu vas sur la terrasse, il y a une patiente qui fume et pleure, tu ne dis rien, tu ne veux pas pleurer.

Normalement tu as besoin d'au moins quinze séances d'électrochocs, là tu n'en as eu que sept, tu vas mieux mais ce n'est pas réglé, les idées suicidaires traînent encore, sans la voix, mais mourir est un projet, une nécessité peut-être.

Fumer, dormir, regarder la télévision, téléphoner dix fois par jour à Valentine et te rendre compte que tu n'as plus de souvenir du début de l'hospitalisation, ni des semaines qui ont précédé ta venue en clinique, rien, tu ne vois rien, tu as gardé le Jette-toi, le pourrissement et pour le reste c'est vide, ça n'est jamais arrivé.

Il y a une gentille aide-soignante qui vient te voir pour te dire qu'elle aime te voir sourire, tu t'étonnes, on s'est déjà vues ? Oui je vous ai accompagnée au scanner quand vous êtes arrivée… Vous étiez si mal, ça fait plaisir de voir votre sourire… tu ne sais pas, sûrement.

Tu veux rentrer à la maison, à quoi ça sert de rester ici, sans visites, sans électrochocs, sans rien faire de la journée, sans voir Valentine, à tourner autour d'un virus qui a tout envahi.

Tu as une compagne, Valentine, deux filles, Blanche et Alice, un psychiatre remarquable, Guillaume, et toi tu es psychiatre, une psychiatre ravagée de honte. Comment est-ce que tu as pu te perdre ainsi ? La mélancolie c'est un chapitre dans tes cours, quelques patients croisés il y a longtemps, qui vivaient une épreuve effrayante, pour qui la mort était toujours redoutée, tu sais que c'est ça, tu n'as jamais imaginé que ce serait ton tour. Après l'hospitalisation, ton psychiatre Guillaume t'a dit que ça fait très longtemps que tu es déprimée et que ça ne tenait plus. Longtemps que tu es déprimée. Il y a une chose que tu sais c'est que depuis trois ans tu as des problèmes avec ton péricarde, ton myocarde, tu as beaucoup de douleurs, de fatigue, les différents cardiologues consultés n'étaient pas d'accord entre eux et ne savaient pas comment te soulager. À l'IRM on voit bien qu'une partie de ton péricarde, l'enveloppe du cœur, est collée au myocarde et gêne les mouvements du muscle cardiaque, mais ce n'est pas certain que cela explique l'épuisement et l'intensité des douleurs.

Tu vois un acupuncteur qui dit que tu n'as plus une once d'énergie, il ne sait pas s'il va réussir à t'aider. Tu vois un nouveau cardiologue avant d'aller voir un interniste, c'est le mois de décembre, il dit que c'est étonnant ton épuisement et tes douleurs intenses, il dit même, on dirait que votre cœur fait une dépression grave…

De quoi tu te souviens d'autre ? Rien d'autre. Tout est là, mais ça laisse des blancs, tu voudrais tout retrouver, il faut que ceux qui t'aiment te racontent, tu les supplies.

Tu te souviens d'un rêve. Une montre en vrac dans ta main, les aiguilles se déforment et se détachent de leur axe, le cadran n'est plus qu'un puzzle de dizaines de petites pièces qui ne tiennent plus ensemble. À l'endroit de 12 heures, il y a une pierre, un diamant apparemment, qui s'est désinséré et a chuté à 6 heures. Le verre va tomber et alors tout tombera avec lui. Tu es figée devant ce chaos sous tes yeux, tu cherches un horloger pour sauver ta montre, il y en a un juste près de toi, il saisit ta montre en retirant le verre, il prend les aiguilles abîmées qui ne sont plus du tout accrochées à l'axe, il te les tend, vous pouvez les garder. Tu t'inquiètes. Mais vous allez pouvoir réparer la montre ? Ah mais il n'y a plus rien à réparer, je vais vérifier le mécanisme, à mon avis il est dans le même état, je vais essayer de dépiauter la montre proprement et vous pourrez récupérer les morceaux.

Tu vas récupérer les morceaux, tu vas tenter le puzzle, tu poseras des questions, histoire de remettre les bouts ensemble, combler les vides, il y a des choses que tu n'auras pas envie de savoir, la peine que tu as faite à ceux que tu aimes. La peur aussi.

Valentine était là pendant ton voyage, pendant tout le voyage, elle a tout vu ou presque, elle n'a pas compris, mais elle était près de toi. Qui mieux qu'elle peut te donner des souvenirs, te rendre un récit que tu as perdu dans les vibrations des électrochocs, et dans le délire qui t'a jetée si loin.

Tu lui as préparé un café, tu t'es assise à la table de la cuisine, Valentine tu veux bien venir maintenant, elle t'a rejointe, son visage sans sourire, elle faisait visiblement un effort, pour toi, je veux bien essayer, mais ce n'est pas facile, ni à dire, ni à reprendre, bon…

Tu as posé ton téléphone, mis en route le dictaphone, pour tout garder, et après tu as écouté, fébrile.

Un an avant ta folie, tu subis une fatigue importante, avec des douleurs au cœur, cette histoire de péricarde, cette enveloppe ténue, tout autour de ton cœur, devenue brûlante, elle te prend ton énergie, voilà que tu te traînes, tu n'arrives plus à écrire, plus du tout, il n'y a plus de mots, plus d'histoires, jamais tu n'aurais imaginé que ce soit possible, tu te forces à terminer un de tes textes, et c'est laborieux, tu dis que quelque chose ne tourne pas rond, et ta joie tu ne la trouves pas, elle a fait comme tes mots, comme s'ils avaient disparu. L'été arrive, tu espères que les vacances au bord de l'eau, dans ce coin de Grèce que tu aimes tant, vont te porter, et que tu te retrouveras, tu n'attends que ça. Ce n'est pas ton caractère, la fatigue, la langueur, vraiment ce n'est pas toi. Avant de partir, et de nager longtemps, tu veux être certaine que ton cœur peut supporter un peu d'effort. Ton ami Nicolas te conseille quelqu'un, il dit qu'il est très compétent, ça compte. Le jour de la consultation il fait un grand soleil, tu marches tellement doucement que les quelques mètres en sortant du métro te prennent un temps déraisonnable, tu as cent ans peut-être, une vieille fragile qui doute de ses jambes, ce n'est pas toi de vieillir comme ça. Le cardiologue t'écoute, tu reprends l'affaire de la péricardite, il prend des notes, et te propose de faire une échographie pour vérifier que tout va bien, tu pars dans une semaine, c'est mieux de vérifier. Il est perplexe, un peu inquiet, la cloison entre les deux ventricules ne bouge pas correctement, il ne sait pas ce que c'est, le cœur fonctionne normalement, il faut se reposer et au retour il te fera faire d'autres examens pour éclaircir ce mystère. Ta fatigue et ton cœur sont un mystère, tes douleurs cardiaques une question suspendue, tu peux attendre la fin de l'été, tu veux juste nager. En sortant de là, tu te dis que maintenant tu as une image, une preuve que tes douleurs et ta fatigue existent pour de vrai, Valentine n'est pas tranquille avec cette affaire de cloison qui se fige, elle ne te dit rien, elle aurait préféré que tu fasses une IRM avant le départ, elle sait que tu ne voudras pas, toi tu veux juste partir, trouver la beauté de la mer, celle des montagnes adoucies qui la bordent, tout le reste attendra, tu es certaine que là-bas tu seras soulagée. Tu ne prépares pas les valises, tu ne fais pas grand-chose, et tu reçois un message de la compagnie aérienne, ils ne prendront pas le chien à bord, pas d'explication, juste un message, le vol est dans une semaine, ils ne veulent rien savoir, tu te fâches mais tu n'obtiens rien. Il n'y a pas trente-six solutions, il faut prendre la voiture, et traverser l'Europe parce qu'il n'y a plus de place sur les ferrys qui partent d'Italie. Valentine trouve que ce n'est pas raisonnable avec ton état, mais il n'est pas question de laisser le chien, tu insistes, c'est bien la seule alternative.

Un vendredi midi, c'est le grand départ, direction l'Allemagne, l'Autriche, la Slovénie, la Macédoine et enfin la Grèce. La voiture engloutit les routes, entre douze heures et seize heures de route par jour, la pluie, le froid, les travaux, les attentes interminables aux frontières, et les bolides qui filent sur la voie de gauche comme sur un circuit. Tu as peur de l'accident, la fatigue se voit sur ton visage, tu surveilles tout, surtout ne pas crever, ne pas se perdre dans ces contrées inconnues, trois jours de stress, un voyage détestable. C'est un peu de ta faute, tu ne veux pas prendre le temps. Dans la voiture, des disputes éclatent, tu trouves que Valentine conduit trop vite, il faut savoir ce que tu veux, toi avec ta fatigue tu peux à peine conduire, et avec ton angoisse ça n'arrange rien, heureusement la dernière étape en Macédoine est plutôt jolie... La première semaine en Grèce tu passes beaucoup de temps à dormir, tu te dis que c'est le voyage, il faut s'en remettre, tu ne vas même pas te baigner, tu regardes la mer, et tu ne t'approches pas, nager ne te tente pas, tu voudrais te sentir mieux avant de te jeter à l'eau. Tu ne te plains pas de douleurs, tu prends sur toi pour ne pas inquiéter ta fille Alice qui vous a rejointes pour quelques jours. C'est au tour de Nicolas de venir avec vous, il s'installe au rez-de-chaussée de la maison, il est très attentif à toi, tu lui parles de tes douleurs cardiaques, il a une idée de traitement qui pourrait t'aider, un antalgique puissant qu'il a dans ses affaires, tu dois en prendre chaque soir, tu ne sais pas si c'est efficace, tu ne te sens pas mieux, tu dors tous les après-midi, mais tu as des moments de joie, elle est là, avec Nicolas vous riez comme des enfants en faisant des blagues, des sketches, tu es un chirurgien au bloc opératoire et lui l'anesthésiste, les fous rires couvrent vos phrases, Valentine vous filme avec son portable pour montrer à tes filles que tu ries aux éclats. Nicolas veut apprendre à crawler, c'est l'occasion d'essayer de te baigner aussi, c'est Valentine qui donne les cours, toi tu es une vieille en thalassothérapie, tu barbotes, à ton âge certains ont mal au dos, toi tu barbotes, mais tu aimes regarder Nicolas qui se démène comme un bon élève, tu le taquines, il est très appliqué, presque maniéré, ses bras prennent d'étranges poses, tu l'imites avec tendresse, de nouveau des éclats de rire, rire avec le masque et le tuba c'est encore plus drôle, tu es bien là, absolument là. Quand les enfants de Nicolas arrivent, ils vont s'installer tous ensemble dans le petit hôtel de la baie, tes parents ne tardent pas à venir aussi, c'est la première fois que tu vas passer quelques jours ici avec eux. Tu dors beaucoup, l'après-midi Nicolas et Valentine s'organisent pour que ta mère puisse se baigner et que ton père installé sur une chaise sur la plage puisse la regarder dans l'eau. Une nouvelle semaine se termine. Tu as des douleurs lancinantes, mais tu es contente parce que ton père n'est pas tombé en marchant sur le petit sentier qui mène à la mer, ou dans les escaliers de la taverne où vous prenez vos repas.

Les journées sont rythmées par les repas avec Nicolas, il est toujours aussi attentif, il voit bien lui aussi que ce n'est pas terrible, que malgré tout ton désir de mer tu ne peux pas nager. Tu ne supportes pas ton état, tu ne sais pas pourquoi tu dois être si vieille, pourquoi cet endroit de rêve ne tient pas ses promesses. Les vacances se terminent, il faut rentrer, cette fois tu as trouvé une cabine dans un ferry qui relie la Grèce à Bari en Italie. La cabine est confortable, le bateau n'est pas très grand et il déborde. Tu ne dors pas de la nuit, tu as senti toutes les vibrations du moteur, tu as eu peur d'un incident, un de ceux qui font couler les bateaux à pic, tu ne connais rien à la navigation. Une fois à Bari, direction Ancône sans s'arrêter, tu y as réservé une chambre dans un hôtel bien placé, très paisible, juste en bord de mer, c'est quand même mieux que la Serbie pour se poser. Il y a une jolie piscine dans un grand jardin, et à deux cents mètres une plage de galets blancs avec des restaurants. L'endroit est plein de touristes italiens, pas un seul étranger. L'eau n'est pas très claire, et il y a des méduses, elles ne piquent pas mais tu as peur, et pendant que Valentine est à la plage tu dors. Tu aimerais écrire, mais c'est toujours le même vide, pas de mots qui résonnent, pas de phrases qui glissent vers toi, tu luttes pour que ça te revienne mais c'est vain, il faut te soumettre à l'évidence tu ne peux plus écrire, ça te mine, comment est-ce possible ? Qu'est-ce que ton cœur te fait pour figer les mots ? Tu ne vois pas comment tu vas redevenir toi-même sans pouvoir écrire.

Quelque chose à Ancône te touche, la lumière peut-être, tes journées suivent la courbe de tes douleurs et de ta fatigue, Valentine ne te voit pas prendre le traitement que Nicolas t'avait donné. Tu aimes les dîners chez Marcello sur la plage, la baie qui rosit dans le soleil. Tu t'imagines bien venir plus souvent ici l'été, après tout puisque la Grèce ne t'a pas donné ce que tu attendais, peut-être qu'Ancône serait une destination nouvelle. Valentine te laisse parler, tu sais bien que c'est trop cher ici, ça n'a pas de sens. Après cette parenthèse de quatre jours, il faut reprendre la route pour Paris, avec un arrêt dans un petit village de montagne à la frontière italienne. Il fait froid et le village est désert. Une nuit pas plus.

C'est le mois de septembre, tu reprends le travail, avec ton corps vieilli et tes douleurs. Tu te détestes dans cet état. Tu reprends rendez-vous avec le cardiologue perplexe, à l'échographie, il ne comprend toujours pas ce qu'il voit, il organise ton bilan, tu es docile et impatiente de percer ton propre mystère, Valentine n'est pas tranquille, elle aussi imaginait que les semaines estivales te remettraient bien debout. Tu décides de consulter un acupuncteur, il est impressionné par ton épuisement, il te voit, palpe tes pouls, vous n'avez plus d'énergie du tout, il faut vous arrêter, vous n'allez pas en sortir comme ça, c'est comme si vous vous étiez vidée de votre énergie vitale… vous êtes en mauvais état. Il décide de te mettre en arrêt maladie pour deux mois le temps de t'aider à mobiliser en toi les chemins de l'énergie du vivant, un rendez-vous par semaine pour te sortir de là. La petite vieille en toi continue de traîner ses pieds, elle fléchit, glisse. En attendant le rendez-vous d'IRM tu continues de travailler, mais tu n'y arrives pas, c'est inouï ce corps exsangue. Le rendez-vous est enfin là, et immobile dans ce tube bruyant tu attends une réponse. Les images sont claires et nettes, le péricarde est inflammé et se colle à la paroi latérale gauche de ton cœur, tu as une péricardite chronique, tu n'es pas hypocondriaque, ton cœur te manipule, le radiologue est un spécialiste des péricardites chroniques, il te dit de te reposer le plus possible et d'apprendre à vivre avec ces douleurs, il faut trouver soi-même ce qui soulage, ce n'est pas une maladie dangereuse pour le cœur mais c'est plus que pénible à supporter, apparemment là c'est une période de tiraillement entre la paroi du cœur et l'enveloppe mais ça peut passer, il faut être patiente. Tu te retiens de rire, tu ne manques pas de patience, tu manques de vie.

L'acupuncteur pense que tu devrais avoir un médecin généraliste pour coordonner les choses, quand on a une péricardite chronique douloureuse on peut se faire aider par un interniste, une équipe spécialiste de la douleur, ce serait bien que tout ça soit un peu pensé, on ne peut pas vous laisser comme ça… Même ses petites aiguilles ne parviennent pas à te sortir de là. Ta fatigue continue de s'imposer au-delà du supportable, ce que tu vois c'est que le repos ne sert à rien, mais à rien du tout, il y a quelque chose qui ne tient plus. Fin septembre, tu as trois jours de cours importants, tu veux absolument les faire, pas question de te défiler, tu resteras assise s'il le faut. Avec ta conviction et ton entêtement tu tiens ta place, la mine pâle mais tu assumes.

Mi-octobre, Valentine veut t'organiser un anniversaire surprise, histoire de ramener un peu de joie, mais tu n'es pas en état, elle annule tout la veille, les amis savent que tu te traînes. Valentine ne veut pas te brusquer mais ce n'est plus possible, elle ne croit pas que le cœur soit responsable de ta métamorphose, ce n'est pas ça, parce que ton cœur n'est pas malade, il fonctionne bien, une paroi accolée ne met pas dans un état pareil pendant de longues semaines, elle ne croit pas à cette affaire de péricarde, elle pense que tu es déprimée, tu ne te sens pas déprimée mais tu l'es, elle te demande d'accepter de voir un psychiatre, elle ne veut pas continuer comme ça, ça n'a pas de sens, tu ne veux pas voir de psychiatre, mais tu vas le faire, après tout peut-être qu'elle a raison. Tu réfléchis à qui tu pourrais consulter, ce n'est pas simple, psychiatre toi-même, tu en contactes trois, ils ne peuvent pas te recevoir, ils te connaissent, toi tu ne vois pas qui ils sont mais c'est impossible, Valentine a peur que tu renonces, d'ailleurs Valentine se souvient qu'au mois d'avril tu avais pris un verre avec une amie à qui tu avais dit que tu ne te sentais pas bien mais que tu n'osais pas consulter quelqu'un, l'amie t'avait recommandé d'aller voir quelqu'un en province pour être tranquille, tu n'avais rien fait.

Valentine insiste, elle t'en parle presque tous les jours, tu ne dis rien, tu vas trouver une solution, tu promets, tu esquives. Il y a bien quelqu'un à qui tu penses, tu l'as rencontré dans un jury de thèse, tu l'as trouvé aimable, il avait fait un peu d'humour qui t'avait fait rire. Mais tu n'oses pas, tu finis par aller voir une psychiatre dont tu avais entendu parler il y a très longtemps, elle te reçoit rapidement, le bureau en plein ciel au milieu d'immeubles tristes, une moquette usée sous la lumière d'appliques démodées. Elle t'écoute, puis elle prend la parole, il faut être hospitalisée, tu bondis, tu refuses, elle tempère, et te prescrit un anxiolytique, elle veut te revoir dans quelques jours, Valentine se demande ce que tu as pu dire pour que l'hospitalisation soit sur la table, tu ne veux pas raconter, tu prends les anxiolytiques, mais cela n'a pas d'effet, au rendez-vous suivant la psychiatre est insistante et un peu pressante, tu ne le supportes pas, tu ne veux pas la revoir, tu vas te débrouiller, mais te débrouiller comment s'inquiète Valentine, tu as peur de cette histoire d'hospitalisation, pas question qu'on te mette dans un hôpital psychiatrique, pour quoi faire ? De quoi aurais-tu l'air ? Pour de la fatigue et des douleurs, tu ne vois pas le rapport. Valentine ne trouve plus d'argument. Les semaines se ressemblent et passent.

Noël est là, les enfants viennent dîner à la maison, Valentine a préparé des coquilles Saint-Jacques, des langoustines, de beaux gâteaux, après manger tu proposes de faire un tour de Paris de nuit, et d'aller boire une coupe de champagne dans le bar d'un hôtel, tu veux que les filles soient contentes d'être là, pas question de se montrer vieillie et terne, tu traques chaque moment de joie, rien ne compte plus que d'être ensemble, tu tiens, tu te tiens bien toute la soirée. Qui pourrait t'hospitaliser en te voyant comme ça ?

Tu as dû voir Guillaume juste avant Noël, Guillaume c'est le psychiatre du jury de thèse, son bureau est dans l'hôpital Sainte-Anne, ce n'est pas fait pour toi un hôpital psychiatrique, tu y as été interne il y a longtemps, de quoi as-tu l'air ? Il est très tard, il fait froid, Guillaume est accueillant, il essaye de comprendre ce qui t'arrive mais tu ne dis pas grand-chose, tu es repliée sur toi dans de longs silences, encore parler de tes douleurs, de ta fatigue, de ton cœur qui n'est pas vraiment malade et qui te vidange, Guillaume au moins ne te parle pas d'hospitalisation, il parle de dépression, l'affaire du cœur au fond ce n'est pas le problème, tu ne comprends pas ce qui t'arrive, mais pas du tout, c'est bien au cœur que tu as mal, c'est lui le problème, tu acceptes quand même les antidépresseurs qu'il te prescrit, il te demande s'il peut appeler Valentine, tu te sens en confiance. Tu vas le voir plusieurs fois seule, et Valentine l'a au téléphone, ils guettent ensemble les effets du traitement, mais il ne se passe rien, tu ne réponds pas aux antidépresseurs, en janvier Guillaume double la dose, toi tu es installée dans le silence, à passer tes journées à dormir, tu ne manges presque plus, tu ne te plains plus, tu glisses encore, comme si la chute n'était pas terminée. Guillaume te téléphone chaque jour, mais tu n'as rien à lui dire de rassurant, Valentine trouve que tu te dégrades, tu prends plus d'anxiolytiques mais rien n'y fait. Guillaume conseille d'aller se reposer à la campagne, qu'est-ce que ça va changer ? Il y a une panne électrique dans la maison, tu t'affoles, tu as peur d'un incendie, un câble extérieur s'est rompu dans le vent, tu t'enfermes dans la chambre, Valentine reste près de toi jusqu'à ce que tu t'endormes. Lentement tu te figes, et tu parles d'une douleur qui te lamine, tu as mal au cœur ? Non, tu ne sais pas dire d'où vient ton mal. Valentine te voit souffrir, un matin tu hurles au secours, tu es assise sur le lit, le visage tordu par ton cri, rien que de le raconter c'est insupportable, c'est terrible de te voir dans cet état, tu pleures comme une enfant perdue, tu marmonnes, je suis transparente, tu continues de pleurer et de crier Au secours !

Valentine ne peut plus te laisser comme ça, elle reçoit un texto d'une de tes amies d'enfance qui parle d'électrochocs, tu t'énerves, Valentine appelle Guillaume, elle s'isole pour lui parler, elle a peur, toi tu marmonnes encore, tu n'en peux plus, tu vas en finir par toi-même. Guillaume au téléphone change de ton, il faut rentrer, je vais l'hospitaliser dès demain, il dit que tu as besoin d'électrochocs, que depuis le début il sait que c'est ce qu'il faut mais que tu n'aurais jamais accepté, il fallait essayer les antidépresseurs, maintenant on passe à autre chose…

Valentine ne te parle pas d'électrochocs, elle te ramène à Paris pour voir Guillaume, tu te laisses déplacer comme une masse inerte. Tu es hospitalisée un vendredi de février au matin, Valentine prévient ta mère, tes enfants, tout le monde progressivement, une onde de choc autour de toi, et toi tu es inerte, ailleurs, mutique, tu as beaucoup maigri. Valentine a peur, tu n'as pas de peur, tu as l'air si loin. Valentine sent la catastrophe, elle te prévient, si tu tentes quelque chose contre toi-même, elle se suicidera, et vous abandonnerez les filles à une désolation sans limites. Peut-être que tu as entendu la limite. Valentine est perdue, elle se tient, il faut que tu te sortes de là.

Laisse-la respirer. Pour le meilleur et pour le pire, c'est ce qu'on dit de l'amour, tu as montré sans doute le pire, il faut vraiment qu'elle t'aime pour ne pas avoir fui, qu'elle t'aime encore pour te donner le récit de toi. Tu ne te reconnais pas mais c'est bien de toi qu'il s'agit, et elle n'a rien dit encore de la clinique, rien dit de tes choses folles, peut-être qu'elle ne savait pas, elle a vu le glissement, mais que sait-elle de ce monde étrange qui était en toi ? Tu ne dis rien, tu fumes, la pièce se remplit de la fumée qui flotte dans une lumière rasante.

Laisse-la respirer. Mais tu ne veux pas qu'elle s'arrête maintenant, tu es impatiente d'entendre la suite, tu espères des révélations. Elle doit t'aimer pour être encore là.

Assises de part et d'autre de la table de la cuisine, vous ne vous regardez pas, Valentine a les larmes aux yeux, elle soupire, elle ne veut plus raconter, on continuera une autre fois, j'en ai assez dit, tu insistes, tu veux savoir, tu veux connaître la suite, l'hospitalisation, les électrochocs, il y a des vides à remplir, elle peut te les donner, s'il te plaît, continue, j'ai besoin que tu me racontes…

Valentine ne sait pas si tu as dormi la nuit qui précède ton hospitalisation, elle ne se souvient pas, tu es attendue à la clinique de Saint-Mandé le vendredi à 10 heures. Avant de partir, tu veux préparer toi-même tes affaires, tu les jettes dans un sac, plusieurs pyjamas, beaucoup de chaussettes, des pulls, trop de vêtements, ta petite pochette en cuir violet avec un miroir, un coupe-ongles, une pince à épiler, une barrette, tu ne parles pas, ou à peine. Valentine conduit pour se rendre à la clinique, en passant devant le bois de Vincennes elle se dit qu'elle t'emmènera là si tu as le droit de sortir un peu. À l'accueil, un homme demande de patienter, l'endroit ressemble à un hôtel, des couleurs taupe, unies, un porte-bagages devant les ascenseurs. L'attente est un peu longue, la personne qui s'occupe des admissions est occupée, tu vas sur la terrasse qui s'ouvre derrière le hall, tu fumes des cigarettes, sans parler, sans poser aucune question. Il y a un grand escalier métallique qui descend vers un espace aménagé avec des plantes, des tables, des chaises, un jardin tout en longueur, Valentine te parle un peu, toi tu es prostrée, tu n'ouvres la bouche que pour engloutir tes cigarettes. Le bureau des admissions est tout petit, il y a un flacon de gel hydroalcoolique, Valentine se lave les mains, tu l'imites sans broncher, elle te dit de faire attention, tu ne sais pas de quoi elle parle. Valentine prend la parole pour dire que tu souhaites l'anonymat, que c'est très important, tu es psychiatre, tu as peur qu'on dise des choses sur toi, tu ne le supporterais pas, elle avait déjà prévenu au téléphone, y compris quand elle a eu le psychiatre qui va s'occuper de toi, le Dr M.

La dame demande quel nom tu souhaites avoir, Valentine réfléchit à un nom fréquent, il lui vient Martin et Durand, ce sera Suzanne Durand, en faisant les papiers on te dit les règles de l'établissement, Valentine fait des chèques. Tu restes assise dans ton silence, toujours prostrée, mais tes yeux courent dans tous les coins de l'espace, eux seuls montrent ton affolement, tu n'as pas de question, tu remercies la dame pour ton nouveau nom, elle est très aimable avec toi, elle a l'habitude. Au bout de quarante-cinq minutes, une autre femme vient te chercher pour te mener à ta chambre, chambre 409, quatrième étage.

Valentine ne voit pas d'escaliers, elle préférerait éviter l'ascenseur à cause de cette affaire de virus qui rôde, il n'y a que deux ascenseurs, un pour les patients, un pour le personnel. Sur le palier du quatrième, à gauche, il y a un bureau vitré, le poste de soins des infirmières, face aux ascenseurs un petit salon. En arrivant ce qui frappe ce sont les patients qui déambulent, ils sont jeunes, certains très jeunes. Sur la droite du palier, un balcon sécurisé avec deux chaises, c'est un fumoir, les cendriers posés sur une table basse débordent de mégots mal éteints, il y a deux femmes installées qui discutent, elles ont l'air ralenties. Vous vous rendez à ta chambre à droite dans le couloir, est-ce que l'infirmière vous a accompagnées, peut-être, ce n'est pas important.

Ta chambre ressemble à une chambre d'hôtel, toujours dans ces tons taupe de revue de décoration bas de gamme, il y a un petit réfrigérateur, une cafetière, un canapé. Un infirmier arrive pour tout vous montrer, le coffre, la salle de bains, la télévision. Tu n'écoutes pas, Valentine voit bien que tu n'écoutes pas, elle trouve que la chambre est bien, les fenêtres donnent sur une esplanade fleurie avec des arbres en bas, et à l'horizon, pas très loin, comme une limite, il y a des immeubles qui ne sont pas du tout laids. C'est une chambre agréable. Valentine déballe tes affaires, tu as pris finalement avec toi la couverture de ton lit d'enfant, c'est une idée de Blanche, tu es contente de l'avoir avec toi, Valentine l'installe tout de suite sur le lit, il y a aussi une taie d'oreiller de la maison. L'infirmier est sorti puis revient pour prendre ta tension, faire des papiers d'admission, vous êtes bien Mme Durand ? Tu hoches la tête sans faire de phrase, ton regard est ailleurs, ton corps bouge à peine, on ne sait pas ce que tu ressens, Valentine sort pour te laisser seule avec l'infirmier, elle va s'asseoir dans le petit salon, il y a un balcon où elle peut téléphoner tranquillement, elle pleure doucement, il n'y a personne qui peut la voir, elle a une réunion de travail, elle ne peut pas la faire, il faut qu'elle prévienne, elle ose dire que tu es hospitalisée, elle ne dit pas pourquoi, tu ne voudrais pas qu'elle le dise sans te prévenir, elle a pourtant envie d'en parler, elle prévient que toi non plus tu ne vas pas pouvoir être aux réunions pour un certain temps, on ne sait pas encore combien de temps au juste, elle les tiendra au courant. Elle se remet à pleurer en raccrochant.

Elle retourne dans ta chambre, elle veut savoir comment organiser tes affaires dans la chambre, où est-ce que je mets ta petite pochette violette ? Elle veut que tu retrouves bien ce dont tu pourrais avoir besoin. Elle a apporté une petite chouette en tissu que tu aimes bien, et des bougies de la maison, elle veut que tu te sentes un peu comme à la maison, c'est absurde, tu n'en veux pas, il y a aussi des cailloux qui viennent de la plage que tu aimes en Grèce, tu veux bien les garder. Et puis le psychiatre arrive, c'est un homme pas très grand, le visage carré, une soixantaine d'années, les cheveux gris avec une raie sur le côté, il n'est pas très bien rasé, Valentine le trouve d'emblée un peu froid, elle vous laisse tous les deux, elle va passer d'autres coups de fil, elle ne sait plus à qui, pas à ta mère, ni aux enfants, mais elle ne sait plus à qui. Dans le couloir, elle observe les autres patients, c'est un choc, ils sont si jeunes vraiment ils semblent errer, elle est troublée par une dame aux cheveux rouges, avec un volumineux chignon en désordre, dans un rouge rosi, Valentine fait les cent pas dans le couloir et devant les ascenseurs, et puis le psychiatre sort de ta chambre, il s'approche de Valentine, lui demande de se mettre dans le petit salon pour échanger, cela dure à peine cinq minutes, elle le trouve si distant, bon ben c'est une belle mélancolie délirante… Elle n'a pas oublié cette phrase, elle demande ce qu'il en pense, il répond laconiquement qu'il ne te connaît pas encore, qu'il ne t'a parlé qu'une demi-heure, qu'il va voir dans les jours qui viennent. Il précise que tu n'as pas droit aux visites en dehors d'elle, et seulement trois fois par semaine, de brèves visites. Il va appeler Guillaume pour la suite, il y a des décisions rapides à prendre. Valentine seule dans le petit salon est un peu sonnée. Elle retourne te voir, elle te demande comment tu as trouvé le psychiatre, je ne sais pas. Elle a l'impression que tu as envie de dormir, tu te mets en pyjama, elle a une réunion à 17 heures, elle doit y aller, tu t'inquiètes parce qu'elle rentre seule en voiture, tu lui demandes de partir, tu t'allonges sous la couverture d'enfant, tu te tournes sur le côté, tu ne regardes pas Valentine qui quitte ta chambre sans oser t'embrasser. Il fait beau, elle rejoint la voiture et se met à pleurer, elle conduit et se perd dans les rues de Saint-Mandé, puis elle retrouve le bois de Vincennes, s'engage sur le périphérique sans rien reconnaître. Elle ne sait plus si elle a téléphoné, elle parvient à rentrer à la maison, mais est-ce qu'elle a passé d'autres appels elle ne se souvient pas. L'appartement est sinistre brutalement, les chiens dorment sans réagir, le téléphone sonne, ce sont les enfants, elle ne se sent pas de leur parler maintenant, elle est angoissée, plus tard. Elle tourne en rond, se fait un café, essaye de manger quelque chose, elle essaye de te joindre, tu ne dors pas, tu réponds au téléphone, elle ne sait plus, mais elle croit que tu réponds, tu es couchée sans rien faire, tu n'as vu personne, tu attends le soir, tu ne parviens pas à dormir, tu vas aller fumer. Après elle rappelle les enfants pour essayer de les rassurer, elles sont bouleversées, Valentine leur dit que le psychiatre a été gentil, elle ne voit pas quoi leur dire d'autre, que tu es un fantôme ? Que tu es mutique ? Pour quoi faire ?

Le soir même tu reçois un nouveau traitement. Valentine

espère que tu vas avoir les électrochocs, elle t'en a parlé dans la voiture, tu sais que tu es hospitalisée pour ça, elle ne sait plus qui te l'a dit en fait, elle peut-être, elle ne sait plus. Le soir le psychiatre est revenu te voir pour te prévenir que tu allais voir un anesthésiste, que tu aurais une radio des poumons et un scanner cérébral. Tu ne veux pas des électrochocs, tu as dit dans la voiture que c'était pour les malades mentaux, que tu allais être stigmatisée, que ce n'était pas possible…

À la clinique, tu commences à dire des choses, tu parles d'une voix que tu entends et qui te dit Jette-toi, tu n'en as rien dit avant, Valentine sait bien que tu as des idées suicidaires, tu as dit que tu voulais en finir, mais la voix elle n'en savait rien. C'est le choc. Le premier, il y en a d'autres, tu parles d'un pourrissement, je suis pourrie, tu le répètes, tu ne l'as jamais exprimé avant, peut-être tu en as parlé avec Guillaume, elle ne sait pas, ou au psychiatre de la clinique, elle croit que tu en as parlé à Jérôme, à Nicolas, mais jamais à elle directement, à part à la clinique. Le pourri tu l'avais déjà depuis un moment à l'intérieur de toi. Et puis tu dis que tu as commis un crime, tu es totalement convaincue que tu as commis un crime, tu fais beaucoup référence à *Crime et châtiment*, et quand Valentine demande quel crime, tu ne sais pas mais tu penses que c'est arrivé et que c'est pour ça que tu es malade. Elle a l'impression que ça s'est libéré pour toi, que tu peux parler maintenant.

Ce soir-là, le jour de l'hospitalisation, tu te couches tôt et elle, ça peut paraître incompréhensible, elle a décidé de rejoindre Blanche qui organise une fête pour son anniversaire avec tous ses amis, c'était prévu depuis longtemps, Blanche ne veut pas annuler, ça peut leur faire du bien de voir du monde. Valentine s'y rend avec Pacha, elle ne peut pas rester à la maison, elle est trop mal, elle remonte le boulevard Henri-IV, Pacha est effrayé par les voitures qui défilent, c'est une expédition.

Quand Valentine arrive chez Blanche, il y a beaucoup de monde, ses amies proches sont au courant, on demande de tes nouvelles, Valentine boit de la bière avec les gamins qui sont tous autour de Pacha, lui est tranquille, Blanche est très triste mais il y a de la joie aussi, Valentine flotte un peu. Elle fait l'effort d'être dans un mouvement vivant, elle fait comme si de rien n'était, elle bavarde, le bruit, la musique tout lui fait du bien. Elle veut attendre l'arrivée d'Alice, qui vient faire une surprise à sa sœur, elle arrive à 23 heures, elle n'est pas bien du tout, toute pâle, remuée par tout ça, mais elle ne veut pas en parler, elle s'accroche aux amis de sa sœur, Valentine la regarde se détendre lentement, après elle est rentrée avec son chien, le chemin du retour est une corvée, Pacha s'affole au moindre bruit, il tire sur sa laisse pour fuir, il faut le maîtriser pour ne pas tomber en pleine rue. Valentine appelle Thomas, il est sidéré par ce qui t'arrive, par l'intensité de ta souffrance, Valentine dit que c'est sans doute le résultat d'années de souffrance accumulées, ce n'est pas récent, il ne sait pas quoi dire.

Il faut parler de ta douleur, tu en parles beaucoup, tu dis que tu la mérites, puisque tu as commis un crime. C'est insupportable de te voir souffrir comme ça, elle ne supporte pas. La première nuit elle a du mal à dormir, le lendemain elle ne vient pas te voir, mais vous vous parlez plusieurs fois au téléphone, elle a l'impression que tu es soulagée d'être hospitalisée, tu dis beaucoup de choses, en désordre, et puis entre deux coups de fil tu dors, tu as revu le psychiatre aussi, l'entretien a duré très longtemps, il décide d'augmenter les antidépresseurs et un neuroleptique, plus tard tu as eu un deuxième neuroleptique, Valentine se perd un peu dans les médicaments. Elle ne se souvient pas de tout ce que vous vous êtes dit, elle sentait que tu avais moins besoin de lutter. En fait le samedi elle ne se souvient pas précisément de ce qu'elle a fait, du ménage peut-être, elle a sorti les chiens.

Le soir, elle dîne au restaurant avec Jérôme, ils parlent de toi, c'est bien, il est très gentil. C'est le dernier restaurant avant le confinement, peut-être pas, elle mélange les dates, elle est dans un état particulier, un peu déconnectée d'elle-même, quelque chose s'est mis en place pour qu'elle résiste, pour pouvoir tenir, elle ne sait pas combien de temps tout ça va durer… Ce week-end-là, Valentine envoie un texto à ton amie d'enfance pour dire que c'est très dur, douloureux pour elle, elle ne reçoit aucune réponse, elle a beaucoup de peine.

Le psychiatre a dit pas plus de trois visites par semaine, Valentine vient le dimanche, avec une tarte citron meringuée, elle apporte aussi des objets de la maison, un petit tapis, des photos et un livre sur l'œuvre de Louise Bourgeois, tu ne veux pas des objets, tu refuses catégoriquement les photos, le tapis, mais tu gardes le livre, tu dis que tu ne veux pas qu'on entre dans ton intimité dans la chambre de la clinique, surtout pas qu'on voie ton intimité. Valentine insiste pour que tu sortes de ta chambre, tu ne veux pas sortir du tout, elle imagine que tu es effrayée par les autres patients, en effet c'est choquant, elle s'habitue au fur et à mesure à ces visages, ces regards hagards, lointains, qui pourtant demandent quelque chose, c'est assez troublant, elle a juste envie de les prendre dans les bras. Vous allez fumer une cigarette, sur le petit balcon, elle essaye de te raconter la soirée de Blanche, tu écoutes à peine, elle te dit aussi qui elle a eu au téléphone, à ce moment-là tu ne veux surtout pas qu'on dise ce que tu as, ni que tu es hospitalisée en psychiatrie, tu lui fais une liste de recommandations comme tu sais faire, pour bien préciser ce que Valentine a le droit de dire... Après vous êtes retournées dans ta chambre, vous vous êtes allongées sur ton lit, elle t'a prise dans ses bras, tu t'es laissée faire, il y a beaucoup de tendresse, tu es silencieuse. Et puis d'un coup tu lui demandes de partir.

En fait elle n'a pas mangé le samedi soir avec Jérôme mais le dimanche soir... non, le samedi soir, parce que le dimanche soir les filles viennent manger à la maison, elles ne restent pas très longtemps. Valentine leur prépare du poulet à la feta, elles aiment ça, elles parlent de toi, Valentine ne se souvient plus de ce qu'elles se sont dit.

Le lundi tu rencontres l'anesthésiste, elle précise qu'elle ne fera les électrochocs que si tu as d'abord un scanner, une radio des poumons, un électroencéphalogramme, Valentine ne veut qu'une chose, que les électrochocs commencent rapidement, il faut négocier pour qu'on te fasse les examens demandés sinon ça repousse encore le début du traitement, Valentine s'inquiète. Tu dis que tu aimes le contact de l'anesthésiste, tu acceptes tout ce qu'on te demande mais à partir de ce lundi il y a une montée d'angoisse, tu as peur des électrochocs, tu ne veux plus en avoir, on essaye de t'expliquer que ça ne fait pas mal, que le problème c'est pour la mémoire, et que c'est le seul moyen de te soulager vraiment, bien plus que les médicaments. Tu ne veux rien savoir, tu es effrayée. Valentine revient le mardi pour t'emmener faire la radio des poumons dans un cabinet en ville. C'est juste l'enfer, il pleut fort, il y a du vent. Tu lui as téléphoné en début d'après-midi, tu voulais la voir, elle arrive plus tard, tu es tout affolée, elle met du temps pour venir, elle doit s'occuper des chiens.

Tu ne manges plus rien, tu as perdu huit kilos, Valentine est un peu obnubilée par ton alimentation, elle te demande si tu as mangé, ce que tu as pris, mais tu refuses tout. Vous sortez marcher une demi-heure sur le trottoir de la clinique, elle n'ose aucune autre question que sur la nourriture, tu avances tout doucement, tu dis que tu es en train de sombrer, que c'est la fin, une fin méritée. Ensuite, vous allez à la radio, dans une espèce de cave, un sous-sol d'accueil du cabinet de radiologie, tu es prostrée, très angoissée, les gens vous regardent, tu es si mal habillée, avec une veste de laine polaire un peu sale, un pantalon trop grand, de vieilles baskets, Valentine pense que tu ne t'es pas douchée. Elle est très inquiète avec les histoires du virus, elle veut que tu te laves les mains, tu le fais mécaniquement. Et puis brutalement tu es très inquiète à cause de ton nom sur la radio, tu veux absolument qu'on mette Mme Durand, surtout pas Mme Reinhold, mais la secrétaire ne veut rien savoir, elle dit qu'elle n'a pas le droit, que c'est une faute professionnelle, tu t'agites, tu veux partir, Valentine te tient fermement par le bras, pas question de ne pas faire la radio, Valentine demande si on peut lui donner des étiquettes vierges pour pouvoir les coller après, en y inscrivant Durand, elle tente de te calmer, tu es fatiguée, tu exiges de rentrer à la clinique, tu veux sortir de là. La secrétaire devient presque douce.

En arrivant à la clinique tu es à nouveau obsédée par cette affaire de nom, avec l'infirmière, Valentine s'occupe de l'étiquette, mais tu continues de répéter en boucle, je ne suis pas Mme Reinhold, avec une nouvelle obsession tu as vu sur la liste des médecins de la clinique que tu connais l'un d'eux, il a travaillé dans le même hôpital que toi, Valentine est surprise que tu le découvres seulement maintenant, parce que quand tu as regardé le site de la clinique avant d'être hospitalisée, son nom apparaissait, comment est-ce possible que tu ne l'aies pas vu ? En tout cas là c'est une idée fixe, tu murmures, je ne veux pas le croiser, je ne veux pas qu'il sache que je suis là, je ne veux pas. Les infirmières essayent de te rassurer mais rien n'y fait, tu as peur que ce soit lui qui te fasse les électrochocs.

Les visites se terminent à 18 heures, tu dois encore avoir l'électroencéphalogramme, ils vont venir le faire dans ta chambre, Valentine s'inquiète qu'ils ne viennent pas, alors tu n'aurais pas les électrochocs, elle passe voir les infirmières avant de partir, pour qu'elles les appellent, qu'il n'y ait pas de mauvaise surprise, toi tu es épuisée sur ton lit, tu ne dis plus rien, stuporeuse. Ils sont venus à 20 h 30, Valentine est déjà à la maison. Tout ça n'est pas très clair, peut-être qu'elle décale les jours, elle n'est plus très sûre, quelle importance ? Et puis il y a le scanner le lendemain, c'est une aide-soignante qui va avec toi, Valentine ne vient pas le mercredi, tu te rends en taxi au scanner, l'aide-soignante te parle beaucoup apparemment, toi tu ne dis rien ou presque. Heureusement le scanner est normal, tu es prête pour les électrochocs, le psychiatre a fait en sorte que tu sois la première ou la deuxième, après il y a du monde qui va défiler toute la matinée. Tu es terrorisée. Ça se passe, tu ne t'opposes pas, tu pleures. Au réveil Valentine t'attend. Tu ne sais plus où tu es, qui sont les gens autour de toi, tu ne reconnais plus l'anesthésiste, en remontant dans ta chambre tu demandes quel est cet endroit, pourquoi tu es là, tu es perdue, tu as mal à la tête, aux mâchoires, tu es fatiguée, Valentine t'aide à te coucher, reste à côté de toi, au réveil elle te trouve mieux, moins effrayée, comme si quelque chose avait déjà changé, tu ne dis rien, elle essaye de savoir, de vérifier si tu as ta douleur, tu n'as pas cette douleur, le médecin vient te voir, il dit que tu as fait une très belle crise d'épilepsie, il est content, ça te fait du bien de le voir un peu, de parler avec lui, de savoir que le premier électrochoc s'est bien passé. Après vous allez fumer une cigarette sur le petit balcon, tu chuchotes, tu as encore la douleur…

Normalement Valentine ne devait pas venir le vendredi, mais tu commences à dire que tu veux absolument sortir de la clinique, tu insistes, la semaine s'est bien passée et tu veux être à la maison. C'est vrai que l'hospitalisation a eu un effet et que le premier électrochoc aussi a l'air de t'avoir apaisée. Ton psychiatre part en vacances le vendredi, il vient te voir et toi tu donnes tellement bien le change qu'il t'autorise une permission, dès le premier week-end, tout le monde s'étonne, c'est un peu rapide, un peu risqué, Valentine est troublée mais elle vient te chercher avec les filles, il fait beau, tu es habillée comme s'il faisait moins dix degrés, c'est émouvant de te voir sortir de la clinique, toute la semaine il a fallu insister pour que tu sortes de ta chambre, en plus il y a le virus, Valentine t'a répété tant de fois de faire attention, de te tenir à distance quand tu croises les autres patients, elle se disait que s'il y avait un malade du covid, tout le monde allait tomber malade, elle t'a fait te laver les mains, et toi sans rien demander comme explication, tu te laves les mains plusieurs fois par jour.

La voiture est garée juste devant la clinique, les filles veulent aller visiter ta chambre, tu ne veux pas, tu es très ralentie, comme il fait beau Valentine te propose d'aller promener Pacha au bois de Vincennes, mais pendant la promenade il se passe quelque chose, tu ne dis rien sur le moment, Valentine comprend après, elle n'a rien remarqué, mais tu as des hallucinations, tu vois des morceaux de tes membres sur le corps des gens que vous croisez pendant la promenade, des bouts de toi… tu fais semblant que ça va… Vous rentrez déjeuner toutes les quatre, et alors l'après-midi est très étrange, les filles et toi vous êtes collées sur le canapé, avec les chiens, les uns sur les autres, à dormir, Valentine vous observe, c'est très bizarre, et puis les enfants partent, Valentine et toi vous vous retrouvez seules, tu es ailleurs, fatiguée, tu n'es pas bien mais tu ne dis rien, tu veux te coucher. Le dimanche ça ne va pas du tout, tu es très agitée, tu te mets à téléphoner à tout le monde, tu n'es pas cohérente, tu parles beaucoup, tu demandes aux uns et aux autres ce qu'ils pensent des électrochocs, dans un flot de paroles, c'est le désordre, tu pleures par moments, on ne comprend pas ce que tu dis, Valentine essaye d'écourter les appels, tu ne veux pas, elle suggère que tu essayes de joindre Guillaume, tu l'as longuement, ça te fait du bien, alors tu dis qu'il faut rentrer plus tôt à la clinique.

Le lundi c'est catastrophique, tu es très délirante, Valentine comprend que la voix était là tout le week-end, que tu avais cru qu'elle était partie avec l'électrochoc mais que dehors elle était revenue, Jette-toi, Jette-toi. Tu parles de ton suicide. Tu vois le remplaçant de ton psychiatre, tu lui dis pour les morceaux de toi, il te rajoute un autre neuroleptique, ça ne va pas du tout, mais le psychiatre est très chaleureux, il te voit longtemps, tu es affolée, la permission était une mauvaise idée, tu dis aussi que tu n'as rien reconnu, ni ta maison, ni tes chiens, ni Valentine, ni les enfants… Tu veux te jeter par la fenêtre.

Mais où es-tu passée tout ce temps ? Où étais-tu ? On t'a cherchée, on t'a perdue. Il a fallu continuer de penser à toi, comme tu es, avec qui tu es pour ne pas te perdre tout à fait. Une mère, une compagne, une amie, une fille, toutes tes places dans la vie, vidées brutalement de toi-même, méconnaissable et pourtant toi. Attendez, ne vous détournez pas, il faut attendre, tu vas revenir, ils te retrouveront, presque comme avant, comme avant, soyez patients. Alors ils ont traqué dans ton regard halluciné, dans tes gestes, tes paroles folles, traqué ce qui restait de toi, te ressemblait encore, toutes tes traces dont ils n'osaient pas se parler et qui leur donnaient espoir. Qui es-tu ? C'est le moment de te questionner. Tu ne sais plus qui tu es, les autres ne le savent plus non plus, ils doivent lutter contre ce que tu leur montres pour ne pas te perdre tout à fait, il faut se souvenir de toi pour continuer à savoir que c'est toi cette folie.

Impulsive, directe, tendre, tourmentée, joyeuse, radicale, il leur faut une liste qui parle de toi comme ils te connaissent, les uns, les autres, te connaître et te reconnaître brutalement disloquée. Et si tu ne revenais pas, si on t'avait perdue tout à fait dans ce voyage, si pour toujours tu restais folle, que feraient-ils ? Qui peut savoir ? Continuer de t'aimer sans que tu sois là, qui peut exiger cela ? Tu dois revenir, pour toi-même, l'étrangère que tu es brutalement devenue doit te laisser reprendre ta place, retrouver les regards familiers posés sur toi. Pour l'instant, ces regards se figent, engloutis par la scène irréelle qui te prend tout à fait. Mais attendez, ne partez pas.

Quelques mois avant ton grand voyage, tu décides de trouver un éducateur canin pour Pacha, histoire de le rendre suffisamment obéissant pour que tu te sentes tranquille et que peut-être tu puisses te promener avec lui sans laisse, tu as toujours rêvé d'avoir un chien qui te suive à la trace, tu te souviens d'un camarade de classe qui était chaque matin accompagné par son chien jusqu'à la grille du lycée, le chien repartait seul sans se perdre, ni se faire écraser, et le soir à la fin des cours, il attendait son jeune maître. Tu voudrais vivre la même chose, pour ça il faut bien commencer par la base, tu cherches l'éducateur, tu te renseignes, tu en trouves un sur internet qui a bien l'air de faire des prouesses, Timothée. Un homme aux yeux d'un bleu incroyable, pas très grand, il te prévient immédiatement au téléphone, il n'y a pas que de la bienveillance quand on veut éduquer un chien, alors si tu veux le monde idéalisé de l'éducation à tout prix positive, ce n'est pas la peine de t'adresser à lui. Sa voix te plaît d'emblée, sa manière directe aussi. Le premier rendez-vous est fixé, sur son terrain de dressage en bordure de forêt. Avec Pacha, Timothée a une apparente brutalité mêlée à des gestes très doux. Tu ne sais pas quoi penser de ce que tu vois, il soumet ton chien et tu ne sais pas si tu es d'accord. Tu le vois plusieurs fois dans les semaines d'octobre à février, bien sûr tu ne lui montres rien de tes difficultés, de tes affres, les séances de dressage se passent très bien, Pacha n'est pas facile et Timothée parle de beaucoup de choses, des malinois qu'il prépare aux concours, des chiens de la police et de l'armée qu'il dresse, de son lien particulier avec les chiens, il livre des détails inattendus sur sa compréhension des comportements des chiens, tu le trouves assez fascinant et efficace avec ton animal, dans une aisance qui donne l'impression qu'il est lui-même un animal, et pas un dresseur. Sa présence physique est dense. Il maîtrise chaque interaction avec Pacha, tu regardes tout ça avec étonnement et plaisir malgré ta fatigue et ta désolation en marche. Tu te mets à le questionner sur sa vie, pour essayer de comprendre comment il est devenu un animal, et là tu découvres un parcours de douleurs, de péripéties, et tu te dis que tu as envie un jour de raconter son histoire, d'en faire un roman, de l'enregistrer parlant de sa vie et de construire quelque chose. Il est emballé par l'idée, il accepte sans hésiter de se raconter en étant enregistré, et tu ne lui dis toujours rien de ce que tu vis, tu donnes le change, tu n'as aucune raison de livrer ton intimité, même si tu le sens très attentif sans te poser de questions pour autant.

Quelques jours avant ton hospitalisation, il vient à la maison pour commencer le travail sur sa biographie, tu lui as demandé de venir avec des photos dont il aimerait parler, alors il parle de son enfance, de sa filiation de bateliers, de ses parents, du chien de son père, et au bout d'une heure, il se met à pleurer. Tu te souviens de ça. Toi tu es minée de douleur, tu ne dis rien.

Quand tu te retrouves hospitalisée, Valentine le prévient, plus tard il prend de tes nouvelles, peu de temps après la sortie de la clinique tu retournes le voir, tu n'es pas très bien, Timothée est très présent chaque fois que tu le vois pour Pacha, il te demande délicatement si tu es mieux, et comment tu as supporté les électrochocs, tu réponds à peine, lui te parle beaucoup, des hommes, des chiens, du monde, des relations entre le monde animal et le monde humain, ça te fait du bien, il doit le percevoir, il te propose de venir passer du temps avec lui sur son terrain de dressage pour le voir travailler, te disant qu'il pense que ça peut te faire du bien. Tu y vas, tu es là assise sur une chaise en plastique blanche, tu observes les malinois de compétition, les maîtres-chiens qui défilent avec leurs molosses, et Timothée montre combien il est dans un autre monde. Emballé dans une tenue complète de protection contre les morsures de chien, il enchaîne les exercices, le chien qui attaque, qui protège, qui bondit, qui défend un objet, qui recule collé à son maître pour le protéger d'un inconnu dans son dos, le chien qui saute des obstacles, et encore des exercices d'attaque, il livre ses assauts, sur les jambes de Timothée, son thorax, Timothée résiste, il excite l'animal pour qu'il le morde plus encore, il l'encourage, le félicite, et ne plie pas devant toute cette fougue. Il est complètement pris par sa vigilance et son rapport à la brutalité du chien en pleine éducation. Le visage de Timothée se rapproche de la mâchoire de l'animal, sans avoir peur, leurs énergies se déploient ensemble dans une danse saccadée qui jamais ne dégénère. Tu es là, des heures à le regarder faire, tu aimes ce qu'il te donne, un voyage dans un autre monde, il te guide, t'accueille, il a l'air de vouloir te soulager, et tu sens que tu es bien auprès de lui et de ses chiens. Les candidats aux concours sont nombreux chaque fois que tu vas sur le terrain avec Timothée, ils passent à tour de rôle, ils se connaissent tous, ils parlent de leurs chiens, du niveau qu'ils ont atteint, des concours à venir, ça aboie, ils parlent aussi des dons de Timothée, ils le connaissent bien, et tu es là encore, sur cette planète que tu n'avais jamais imaginée, dont tu n'aurais jamais dit qu'elle pourrait te plaire, et ça te plaît. Ce que Timothée fait avec Pacha n'a rien à voir avec ce qu'il fait avec les malinois de garde ou de concours, Pacha doit apprendre des ordres simples, qu'il ne peut pas esquiver, Timothée alterne une voix grave cassante et des caresses de gratification accompagnées de phrases presque tendres, Pacha se laisse faire. Chaque fois que tu vas passer du temps avec Timothée, tu te sens bien, tu ne peux pas vraiment dire pourquoi, c'est peut-être le monde inconnu qu'il te montre et sa manière de t'y faire entrer. Il te dit de te tenir droite, la tête haute quand tu fais marcher Pacha auprès de toi et que tu lui donnes des ordres, il te dit de porter ta voix, de ne pas subir Pacha, de montrer de l'assurance pour que ton chien en ait à son tour, d'ouvrir tes épaules, de regarder bien devant toi, de ne pas passer ton temps à surveiller Pacha, c'est lui qui doit guetter tes mouvements pour s'adapter, te suivre et pas le contraire. Tu aimes quand Timothée te parle.

C'est elle qui vient te chercher dans la salle des électrochocs, tu ne t'en souviens pas, mais elle est là chaque fois, tu te relèves du lit étroit, tu n'as plus de perfusion, tu as mal à la tête, et ton regard s'agite autour de toi sans reconnaître les lieux, ni les gens. Elle est là sur le seuil de la porte, elle s'approche lentement, elle te sourit, elle te tend ton gilet de laine polaire, tes pantoufles, elle t'aide à te redresser, elle parle doucement, il y a d'autres patients sur des petits lits qui attendent leur tour, elle ne veut pas les déranger, elle met son bras sous ton bras pour que tu t'appuies, faites attention, vous n'avez pas de vertiges ? Tu ne sais pas, peut-être. Elle te propose une chaise roulante si tu le souhaites, tu ne veux pas, alors son bras te tient, et jusqu'à l'ascenseur il ne te lâche pas, sa voix non plus ne te lâche pas, vous allez dormir, l'infirmière vous donnera un cachet pour le mal de tête, et après je vous apporterai à manger, votre compagne va venir, elle a appelé, il fait beau aujourd'hui, je vous accompagnerai dans le jardin cette après-midi. Elle te tient dans ses phrases, dans les creux de sa voix, elle est presque tendre avec toi, tu devras lui demander un jour pourquoi elle est si gentille, tu ne le mérites pas, si elle savait dans quel monde tu es, elle devrait avoir peur de toi, mais elle n'a pas peur, elle te parle.

En sortant de l'ascenseur, elle te demande d'attendre un instant, elle va prévenir l'infirmière que tu es remontée, et elle revient si vite comme si elle avait eu peur qu'il t'arrive quelque chose, mais que peut-il t'arriver d'autre encore ?

Elle te reprend par le bras, t'emmène dans ta chambre, elle t'a préparé du café, refait ton lit, nettoyé ta chambre pendant que tu vibrais entre tes spatules miracles, elle a légèrement baissé les rideaux roulants, vous allez essayer de dormir, ça aide à avoir moins mal à la tête... Je vous tiens pour boire le café ? Vous voulez aller aux toilettes, j'ai peur que vous tombiez.

Tu pourrais lui dire que tu es déjà tombée, c'est arrivé, et là maintenant tu la vois ta chute, et alors que le délire s'est un peu dissous dans la crise d'épilepsie, tu te rends compte de tout, ou presque, tu pourrais lui dire que tu es toi à nouveau, elle sait très bien que tu n'es pas Suzanne Durand, elle s'adresse à Suzanne Reinhold, elle ne prononce pas ton nom, mais tout dans sa voix te parle à toi, malgré tout, envers et contre tout, au-delà de la chute, c'est bien à toi qu'elle s'adresse, c'est bien de toi qu'elle prend soin, elle n'hésite pas, elle est là. Tu t'es allongée, les larmes coulent sur ton visage, en silence, tu ne veux pas qu'elle te voie, mais elle t'a vue, elle était en train de quitter ta chambre, mais elle revient sur ses pas, vous irez mieux, c'est dur mais vous irez mieux, il faut dormir un peu, je reviens tout à l'heure pour aller au jardin. Elle te sourit, tu sèches tes larmes comme une petite fille. Elle était avec toi pour le scanner, elle est là pour les électrochocs, pour les repas, la promenade, tu la retrouves, elle, son sourire, la tendresse de sa voix.

Quand tu fais les cent pas dans les couloirs, tu la croises parfois, elle a toujours un mot gentil, elle ne parle pas fort, pour ne pas déranger, tu ne te souviens plus très bien ce qu'elle te dit, mais Valentine l'a entendue te demander si tu avais mangé, si tu avais pu te doucher, et toi chaque fois tu te laisses envelopper délicatement par son attention, elle te tient.

Reprenons de manière claire et simple, tu as une forme de dépression très grave, une mélancolie et un syndrome de Cotard. On te l'a dit, tu as bien entendu, tu sais ce que c'est, tu es psychiatre, tu ne l'as pas oublié, tu sais de quoi on parle, et les médicaments que tu prends tu les connais aussi, les électrochocs tu n'aurais jamais imaginé, ton lien aux électrochocs c'est un roman de Sylvia Plath, elle y raconte sa dépression, les électrochocs, la clinique, tu aimes Sylvia Plath, sa poésie surtout, il y a un poème en particulier qu'elle a écrit quelques mois avant de se suicider.

LA LUNE ET LE CYPRÈS

Cette lumière est celle de l'esprit, froide et planétaire,
Et bleue. Les arbres de l'esprit sont noirs.
L'herbe murmure son humilité, dépose son fardeau de peine
Sur mes pieds comme si j'étais Dieu.
Une brume capiteuse s'est installée en ce lieu
Qu'une rangée de pierres tombales sépare de ma maison.

Je ne vois pas du tout où cela peut mener.
La lune n'offre aucune issue, c'est un visage morne
D'une blancheur d'os effroyable.
Elle traîne derrière elle l'océan comme un crime obscur; elle est calme,
Trou béant de désespoir total. J'habite ici.
Deux fois tous les dimanches les cloches ébranlent le ciel –
Huit langues puissantes annoncent la Résurrection.
À la fin, seul vibre le son grave de leur renommée.
Le cyprès se dresse alors, gothique.
Aux yeux levés sur lui, il désigne la lune.
La lune est ma mère. Elle n'a pas la patience de Marie.
Son vêtement bleu laisse échapper chauves-souris et hiboux.
Je voudrais tellement pouvoir croire à la tendresse –
Au visage de cette effigie, adouci par la lueur des cierges,
Qui poserait sur moi son regard bienveillant.

Je suis tombée de trop haut. Des nuages fleurissent,
Mystiques et bleus, à la face des étoiles.
Dans l'église les saints doivent être tout bleus,
À frôler les bancs glacés de leurs pieds délicats,
Et leurs mains et leur visage tout engourdis de sainteté.
La lune ne voit rien de tout cela. Elle est chauve, elle est cruelle.
Et le message du cyprès n'est que ténèbres – ténèbres et silence.

Quand tu lisais Sylvia Plath, tu ne pensais pas à toi, aucune raison de faire des analogies superficielles et presque de mauvais goût, ta vie à toi ce n'était pas du tout celle-là, aucune raison que tu aies un jour des électrochocs, tu pouvais bien imaginer que tu pouvais te déprimer, mais ça avait une limite, une butée, mais là apparemment les remparts n'ont pas tenu, tu ne l'avais pas anticipé cet état de désordre, alors quand on te parle de Cotard, ça te rappelle des souvenirs de malades vus à l'hôpital psychiatrique, il y a longtemps quand tu étais une toute jeune interne, tu avais été impressionnée par la douleur, et ce que les patients disaient, tu ne comprenais pas comment un être humain pouvait souffrir autant, persuadé de ne pas exister, de n'avoir plus d'organes, comment était-ce possible, tu trouvais les médecins incroyables, ils entraient dans ce monde effrayant, doucement, pour que le patient retrouve un chemin, tu aimais la sollicitude, la gentillesse des infirmières, tu trouvais que quelque chose de cette expérience était émouvant et indicible à la fois.

Voilà par où tu es passée, Cotard est passé par toi, c'est à peine croyable.

En 1880, le neurologue et « psychopathologiste » parisien Jules Cotard dresse un tableau clinique caractérisé par un syndrome délirant à thématique de négation d'organes, survenant dans un contexte mélancolique intense. Désigné dans un premier temps par l'auteur sous les appellations de « délire hypocondriaque » et ensuite de « délire de négation », ce syndrome prendra par la suite son nom définitif de « syndrome de Cotard ».

Le syndrome se constitue ensuite autour d'une triade sémiologique classique : négation d'organes, délires d'immortalité, d'énormité et idées de damnation. À la mélancolie peut s'associer une augmentation du volume de certaines parties du corps ou de tout le corps jusqu'à combler l'univers dans sa totalité. Automutilations, tentatives de suicide, négativisme, troubles sensoriels et du comportement alimentaire (refus de s'alimenter) sont également décrits. Il existe souvent une activité hallucinatoire auditive, gustative (goût de chair humaine pourrie) et olfactive.

Sa prévalence reste inconnue. Avec l'apparition des nouvelles générations thérapeutiques dans les maladies mentales, la guérison et la prise en charge rapide et incisive des états mélancoliques, le syndrome de Cotard est devenu exceptionnel aujourd'hui. En effet, les grands délires de négation systématisés n'ont plus « le temps figé des asiles » pour se développer, se structurer et se « cristalliser ». En 1980, dans une étude rétrospective de dossiers, Bourgeois ne retrouve le diagnostic que dans quelques dossiers et sous la forme d'ébauche, d'esquisse et finalement de syndrome de Cotard « tronqué ». En effet, on peut relever que le délire d'énormité est devenu une éventualité rare, que la systématisation du délire et les idées d'immortalité sont également inconstamment présentes. Dans leur article commentant cinq cas de syndrome de Cotard, Fillastre et al. exposent ce diagnostic sur la seule présence des idées de négation d'organes et de négation d'existence. Avec ces seuls critères, la suspicion d'un syndrome de Cotard devrait être une éventualité plus fréquente qu'à la fin du XIXe siècle[1].

1. *Annales médico-psychologiques 167* (2009), p. 669-676, Mémoire « La négation du corps : à propos de trois observations concernant les délires de Jules Cotard », S. Leistedt et al.

On a décrit avec soin la mélancolie simple, la mélancolie avec stupeur, la mélancolie anxieuse […]. Sous l'influence du malaise moral profond qui constitue le trouble psychique essentiel de la mélancolie […] l'humeur prend un caractère tout à fait négatif […]. Je hasarde le nom de délire de négations… Leur demande-t-on leur nom ? ils n'ont pas de nom ; leur âge ? ils n'ont pas d'âge ; où ils sont nés ? ils ne sont pas nés ; qui étaient leur père et leur mère ? ils n'ont ni père, ni mère, ni femme ni enfants ; s'ils ont mal à la tête, mal à l'estomac, mal en quelque point de leur corps ? ils n'ont pas de tête, pas d'estomac, quelques-uns même n'ont point de corps ; leur montre-t-on un objet quelconque, une fleur, une rose, ils répondent : Ce n'est point une fleur, ce n'est point une rose. Chez quelques-uns la négation est universelle, rien n'existe plus, eux-mêmes ne sont plus rien […].

Les craintes, les terreurs imaginaires, les idées de culpabilité, de perdition et de damnation ; les malades s'accusent eux-mêmes, ils sont incapables, indignes, ils font le malheur et la honte de leurs familles ; on va les arrêter, les condamner à mort : on va les brûler ou les couper par morceaux […].

Les malades n'ont plus d'estomac, plus de cerveau, plus de tête, ils ne mangent plus, ne digèrent plus, ne vont plus à la garde-robe, et en fait ils refusent énergiquement les aliments et souvent retiennent leurs matières fécales. Quelques-uns, comme je l'ai indiqué dans une note présentée à la Société médico-psychologique, s'imaginent qu'ils ne mourront jamais. Cette idée d'immortalité se rencontre surtout dans les cas où l'agitation anxieuse prédomine; dans la stupeur, les malades s'imaginent plutôt qu'ils sont morts. On en voit même qui présentent alternativement l'idée d'être morts ou l'idée de ne pouvoir mourir, suivant leurs états alternatifs d'agitation anxieuse ou de dépression. Des malades qui commencent par n'avoir ni cœur, ni intelligence, finissent par n'avoir plus de corps. Quelques-uns imaginent qu'ils sont pourris [...].

Les anxieux à idées de damnation sont les malades les plus disposés au suicide; alors même qu'ils se croient morts, ou dans l'impossibilité de jamais mourir, ils n'en cherchent pas moins à se détruire; les uns veulent se brûler, le feu étant la seule solution, les autres veulent être coupés par morceaux et cherchent par tous les moyens possibles à satisfaire ce besoin maladif de mutilations, de destruction et d'anéantissement total [...].

La maladie [...] frappe brusquement, souvent vers la période moyenne de la vie, des personnes dont la santé morale avait paru jusque-là correcte; quand elle guérit, la guérison est brusque, comme le début; le voile se déchire et le malade se réveille comme d'un rêve[1].

Tu ne sais pas comment ça peut arriver ce genre de choses, un petit rouage quelque part qui a grippé et fait un court-circuit, ensuite vient le désordre, et la fameuse voix. Impossible de la décrire, c'est à peine croyable, tu as entendu une voix et tu ne peux pas dire si c'était un homme, une femme, ta voix, un robot, elle s'est volatilisée

1. Cotard J. *Du délire des négations*, Arch neurol 1882; 4: p. 152-70, 282-96.

dans tes trous de mémoire et il ne reste que la répétition de la phrase sèche, l'ordre, Jette-toi, même pas une phrase, deux petits mots tranchants, qui ne laissent pas de place à la discussion, mais tu n'as pas obéi, ou plutôt les électrochocs ont bousillé la voix avant que tu ne te soumettes à l'ordre, Jette-toi. Maintenant que c'est passé, tu gamberges, tu es distante à toi-même, encore remuée par ces semaines où tu étais folle, c'est bien de ça qu'il s'agit, tu étais comme ceux dont tu t'occupes habituellement, tu n'en reviens pas, tu es passée de l'autre côté, si un jour tu le racontais, ils réagiraient comment tes gentils collègues et les patients ? Tu leur dirais vous savez je sais un peu mieux maintenant ce que vous vivez, j'ai été folle moi aussi, et les collègues, tu les imagines avec la sympathie qui les caractérise, c'est ironique bien sûr, un certain nombre aurait mieux fait de faire de l'informatique que d'être psychiatres, ils ont une représentation de la souffrance humaine tellement centrée sur la biologie du cerveau que ce n'est pas la peine de s'intéresser à ce que les gens racontent de ce qu'ils vivent, il vaudrait mieux faire parler les neurones ça au moins ce serait pertinent, alors si tu fais des phrases pour dire eh bien voilà j'ai eu une forme rare de mélancolie qu'on appelle le syndrome de Cotard, pas sûr qu'ils soient très compatissants, mais plutôt perplexes voire méfiants, en fait elle est folle et on ne l'avait pas vu… Il y a une chose que tu n'as pas dite tu crois, tu ne sais plus, tu pensais que tu n'existais pas. Tu croyais même que tu n'avais pas d'enfants, c'est vrai lorsque ta cadette te téléphonait, tu lui disais que ce n'était pas possible de se parler parce que tu n'avais pas d'enfants. Le miroir te prouvait que tu n'existais pas, tu n'étais rien ni personne dans ce miroir. Est-ce qu'il y avait quelqu'un qui te regardait, tu penses qu'il n'y avait personne à voir peut-être, tu ne sais plus. Tu bénis les électrochocs, évidemment pas pour le saccage de ta mémoire, mais parce qu'ils t'ont rendue à toi-même, exister est un soulagement, retrouver ses organes, mettre un terme au pourrissement. Ils ont éteint la voix, mais ils t'ont laissé la honte, une honte pesante, tu aurais voulu que tout ça ne soit jamais arrivé. Une précision s'impose, exister et être vivante ne disent pas la même chose, tu existes bien maintenant, mais tu ne te sens pas vivante. Pas encore. Ça va venir. Tu en es certaine. Parce que tu vas te sortir de là. Tu te tiens debout dans une vaste zone dénudée bordée par un horizon infini et froid. Tu ne vois pas comment le décrire autrement. C'est mieux que la voix mais ce n'est pas ça être vivante. Tu as réfléchi, Jette-toi c'était peut-être implicitement par la fenêtre, pourquoi pas, ce serait le sens suicidaire de base, mais ça peut dire autre chose, par exemple : Jette-toi à l'eau, vas-y maintenant, allez ose ! tu n'as pas compris cela quand tu étais folle, tu l'as entendu comme une injonction mortelle mais maintenant que la folie est finie, tu te dis que tu as peut-être fait un contresens, reprends la voix, Jette-toi, mais à l'eau, en fait c'était peut-être une injonction à vivre, quelque chose du type, il est temps maintenant que tu commences une deuxième vie, le grand saut.

Il y a une pandémie, le monde entier bascule, et toi tu commences une seconde vie. Il y a ce virus qui rôde, frappe et tue, et toi tu vas te jeter à l'eau. Tu ne sais pas encore pour faire quoi, mais ce qui compte c'est le mouvement, se balancer dans un espace inédit, là où tu vas porter tes désirs, deux vies ce n'est pas donné à tout le monde, un cadeau, les électrochocs comme un cadeau.

Si tu as oublié tant de choses, tu ferais bien de t'en réjouir, c'est sûrement pour te préserver, qui aurait envie de souffrir encore, se souvenir de la douleur c'est toujours de la douleur, il n'y a qu'à voir les traces d'un amour perdu c'est une perte qui peut ne jamais s'arrêter, alors là purs et bruts, les idées délirantes, les appels au secours, les injonctions à mourir, ce serait une boucle qui ne cède pas, là au moins l'oubli te protège, te montre une autre vie possible, te donne des forces, bientôt tu auras toutes tes forces, elles seront plus vives qu'avant, parce que les électrochocs t'ont donné l'oubli comme une naissance, le nouveau-né n'a pas trop de mémoire encore, il va faire ses souvenirs pas à pas, voilà ce qui t'attend, te faire des nouveaux souvenirs pour vivre. Tu as réclamé qu'on te raconte, maintenant tu as les informations telle une journaliste qui a enquêté sur une disparition, tu les as obtenues tes informations manquantes, tu ne sais plus si c'était une bonne idée, retrouver cette masse de douleur, était-ce vraiment utile ? Tu ne sais plus, ça te fera des choses à raconter si on te demande ce que tu as vécu, mais les gens n'osent pas te questionner, le fait que tu sois devenue folle n'est pas évident pour eux, folle brutalement sans prévenir, ils ne savent pas comment se positionner, on demande de tes nouvelles, on espère que tu vas mieux, mais le contenu réel, ils ne veulent pas le connaître, heureusement qu'il y a ton psychiatre, au moins à lui tu peux dire les variations, les chutes dans la douleur, les idées suicidaires qui te poursuivent encore, la peur que ça recommence, parce qu'il y a cela aussi, et si tu redevenais folle, après tout c'est arrivé une fois, qui te dit que tu ne retomberas pas, évidemment tu as tes quatorze comprimés par jour, ils sont censés te soigner et donc empêcher la rechute, mais tu n'es pas toujours convaincue, tu crains que ce qui te reste, ce qui te colle, soit le terreau d'une nouvelle folie. Tu te surveilles, tout le temps. Tu scrutes les restes du Cotard en toi, les braises prêtes à reprendre pour une raison inconnue, alors tu observes, tu écoutes, tu vérifies que tu entends bien les sons de la vie, que les voix sont celles de ceux qui te parlent, que tu sens bien ton corps, ses positions, ses rebords frôlés par un accoudoir de chaise, ton dos collé au matelas, ta main qui touche le visage de Valentine, tu es bien là, c'est toi, tu n'es pas en vrac, tu n'es pas difforme, tu as tous tes organes à leur place, tu en es assurée, Cotard est bien parti.

Mais c'était qui ce Jules Cotard ? Il a eu une vie lui aussi, elle est sur ton chemin, tu as plus que jamais besoin d'êtres humains, pas seulement de diagnostic. Tu voudrais lui parler, le remercier, lui dire qu'il t'a comprise, depuis le début il savait, il voyait ton désordre, il pouvait en dire quelque chose, mais toi tu veux un peu de sa vie, de sa présence, qu'il ne soit pas juste pour toi un nom sur ton voyage, tu cherches, tu veux le connaître un peu, vous avez été si proches, incroyablement proches, ça ne s'invente pas, allez cherche-le, prends-le avec toi. Tu lis, tu le côtoies presque, tu te fais un récit pour qu'il continue de te soutenir, comme il a toute sa vie soutenu d'autres fous que toi, il se tenait attentif et vigilant, précautionneux. Extrêmement timide. Il ne se serait pas moqué, il n'aurait pas ironisé sur ton désordre, il aurait pris en lui tes organes disparus, ton pourrissement, et cette infâme certitude que tu n'existais pas. Tu aurais passé des années auprès de lui, à attendre que la folie se tarisse, il ne savait rien des électrochocs pour te guérir, parce que les premiers électrochocs datent de 1934 en Italie, si longtemps après Cotard. S'il avait été là pour te soigner, l'attente ensemble aurait été le seul remède, sa présence auprès de toi le seul espoir, mais toi tu as gagné du temps, et il était là, tu en es certaine.

Cotard est né le 1er juin 1840 à Issoudun, à deux cent vingt kilomètres au sud de Paris, dans la préfecture de l'Indre. Son père était protestant, et la famille dans laquelle Jules est né était décrite comme simple et sévère, sa mère comme remarquable pour son intelligence et son caractère. Le père de Cotard était imprimeur et libraire, ce doit avoir son importance surtout pour les travaux de ses débuts, parce qu'en 1866 il publie quatre planches fines (chromolithographies) pour illustrer son travail sur l'atrophie cérébrale, qu'il a écrit avec un collègue de troisième cycle, Prévost.

Cotard enfant est allé à l'école primaire puis au collège d'Issoudun, on disait de lui qu'il avait une personnalité sérieuse et réfléchie. Il fera ses études secondaires au lycée Charlemagne, où il s'est inscrit à la fois en sciences et en lettres. Il est entré à la Faculté de médecine à Paris, avec dans sa classe de futurs grands noms de la médecine comme lui. En 1863, Cotard obtient son diplôme, il est classé treizième sur 35 élèves. Il est resté proche de sa famille, on raconte qu'après l'obtention du diplôme il revenait souvent chez ses parents à Issoudun, où il aimait particulièrement la bibliothèque de son père.

En tant qu'étudiant, Cotard se passionne pour la philosophie, et il devient ami du philosophe français Auguste Comte (1798-1857). C'est peut-être la philosophie qui l'a amené à la neurologie et à la psychiatrie…

Tu ne vas pas faire la liste de ses travaux, de ses intuitions, ses publications, ni celle de ses collègues aussi connus que lui dans le bouillonnement de l'époque, tu ne vas pas écrire une histoire de la psychiatrie, toi tu veux l'homme dans une vie d'homme pas dans celle d'un grand médecin dont chaque pas se lie aux avancées d'autres que lui, dont la passion pour les malades pourrait se raconter aussi, tu veux des repères de vie, celle qui fait de lui un homme réel à tes côtés, tu en as assez lu sur le syndrome qui porte son nom, tu ne veux pas reconstruire ses hypothèses, ses arguments, ceux de ses contradicteurs aussi brillants que lui, tu veux une incarnation, pas un traité de la psychiatrie. C'était qui ce Jules Cotard qui te concerne tant ?

En 1869, Cotard quitte la Salpêtrière et part pour de longues vacances, des vacances de solitude, il part dans le Berry avec un ami philosophe. Dans cette période, la guerre rôde déjà, l'armée prussienne est prête aux frontières de France. Au début de la guerre franco-prussienne en 1870, Cotard rejoint un régiment d'infanterie de l'armée française. Sa personnalité n'est pas flamboyante, et son service militaire aurait été consciencieux et peu démonstratif, mais on disait de lui qu'il était d'une loyauté totale envers les soldats sous sa garde. Il se serait enrôlé « simplement, sans chichis, sans ostentation », et pendant l'hiver terrible de 1870 il accomplit son travail clinique et le travail d'un chirurgien de bataillon d'infanterie en marche.

En 1871, après la proclamation de la paix, Cotard retourne à Paris et travaille dans une clinique dirigée par le professeur Ernest-Charles Lasègue (1816-1883), à laquelle de nombreux cas de malades psychiatriques pauvres sont adressés par les gendarmeries de tous les coins de Paris. Cette clinique a été décrite comme un centre médical confidentiel isolé d'une richesse clinique remarquable, où de jeunes médecins traitent des patients souffrant de folie sous toutes ses formes. Son expérience acquise dans cette clinique lui a donné une solide assise pour sa future clinique privée à Vanves.

En août 1874, Cotard s'installe donc dans la ville de Vanves. Il y travaillera les quinze ans restants de sa vie. Il s'est marié, a eu trois enfants, ils adoraient les promenades dans le parc de Vanves. Il aime ses patients, les livres, il va des uns aux autres pour ses recherches, ses réflexions.

En août 1889, la fille de Cotard tombe malade de la diphtérie. Il est désemparé, il ne quitte pas son chevet pendant quinze jours, il la nourrit. On ne sait pas si elle a récupéré, mais Cotard tombe malade à son tour. Dans les cinq jours qui ont suivi, une membrane de la diphtérie se développe dans ses voies respiratoires supérieures, il a une obstruction respiratoire aiguë rapide. Malgré une trachéotomie d'urgence qui a prolongé son agonie de quelques heures, il meurt le 19 août 1889.

Il y a un manuscrit de lui qui aurait été perdu, et une citation sans doute tirée de ce texte :

Seules la bonté universelle et l'intégrité peuvent établir en nous cette harmonie mentale qui conduit à la paix intérieure.

Évidemment ça ne fait pas beaucoup tout ça pour décrire un homme, pour le connaître, en tout cas c'était un homme bien et il est mort jeune, tu vis plus que lui, et tu aimes savoir qu'il n'a pas dépiauté les malades du haut de son savoir, et si tu peux garder ses mots, tu choisis bonté et paix intérieure, pour ce qui est de l'intégrité et de l'harmonie mentale ce sera une étape différente, d'ailleurs paix intérieure ce sera aussi certainement plus tard, alors commençons avec la bonté, c'est précieux, il y a la bonté que tu as reçue pendant toutes ces semaines, celle qui continue de te parvenir et celle que tu donnes aussi. Mais prise de folie tu n'avais plus de bonté à donner, tu étais effrayée et effrayante sans aucun doute, tu étais réduite à la part monstrueuse du délire qui déshumanise, qui construit un désert, et la mort pour seul rivage à atteindre a écrasé le bon en toi, comment se sentir dans la bonté quand on est prêt à se tuer ? Ce n'est pas un acte de bonté que d'imposer sa mort violente à ceux qui t'aiment, en plus quel sens cela pouvait-il avoir que de se tuer alors que tu n'existais pas, c'est un paradoxe que tu ne t'expliques pas, tu devais mourir, te jeter par la fenêtre et tu n'existais pas, tu étais déjà morte en fait, tu étais dans le monde des morts-vivants et tu étais obsédée par un suicide qui s'imposait à toi, alors tu ne devais pas être tout à fait morte encore.

Tu as voulu te rapprocher de Cotard, mais tu as tenu à distance la construction de son savoir, tu as gardé quelques lignes pour dire que c'était bien lui qui savait ce que tu avais vécu, qu'il ne fallait pas chercher davantage, c'était là, écrit noir sur blanc, d'autres que toi dans un autre temps, cachés au fond des asiles, s'étaient débattus comme toi, avec encore plus de souffrance sans doute, parce que toi tu as été sauvée. Par la psychiatrie et l'amour. Pas de niaiserie quand tu parles comme ça, tu le penses, si Valentine n'avait pas tenu le choc, tu serais encore enlisée, elle a tout supporté, sans se plaindre, sans t'en vouloir, ni te délaisser parce que c'était insurmontable, insupportable, elle aurait pu s'éloigner et attendre que tu te rassembles, elle a pris sa part, tu peux parler d'amour, personne n'ironisera.

Cotard a sans doute beaucoup aimé ses patients, tu veux croire que c'est parce qu'il les a aimés qu'il a compris ce qu'ils vivaient, comment pouvait-il faire autrement ? Il t'aurait aimée toi aussi, il serait entré à tes côtés dans les territoires interdits où tes organes avaient disparu, patient et prudent de nature, il t'aurait donné un peu de force pour continuer de savoir que tu existes et pour t'assurer que la folie te quittera. Il faut aimer les fous pour qu'ils restent humains, les aimer encore pour les regarder, les écouter, les porter. Tu as trouvé de l'amour comme ça toi aussi, il y en a eu, beaucoup, heureusement, sinon tu errerais toujours dans un monde effrayant.

Mylène l'aide-soignante, il faudra t'en souvenir t'a dit Valentine, elle n'était pas obligée de faire tant attention à toi, que sait-elle au fond de la folie qui t'a métamorphosée ? mais elle a pris soin de toi, sa vigilance chaque jour pour que tu manges, te laves, te lèves, que tu souries, que tu éteignes la télévision et essayes de dormir, de la vigilance pour prévenir l'infirmière que tu marmonnais encore des choses incompréhensibles sur le monde des morts-vivants, il lui a fallu de la méfiance aussi quand tu sortais de ta chambre égarée et qu'elle te voyait te diriger vers l'ascenseur comme pour partir.

Le médecin quitte ta chambre à l'instant, Valentine est dans le couloir, elle t'attend, tu as eu des électrochocs ce matin, tu as demandé à partir de la clinique, tu t'es énervée contre une infirmière, tu as dit presque en criant que tu n'étais pas malade, plus en tout cas, tu as dit que tu devais être chez toi, que tu avais peur d'être ici, que tu partirais même si on tentait de t'en empêcher, tu as dit que tu n'avais pas besoin d'être hospitalisée pour prendre des médicaments… alors le médecin est venu te voir. Il t'a écoutée sans s'opposer trop fermement pour ne pas que tu te braques, puis il a voulu parler à Valentine

Elle est moins délirante après les électrochocs, mais elle l'est encore, elle essaye de se contrôler pour que je la laisse sortir, et je pense que les projets suicidaires elle les cache aussi, si elle s'oppose à son hospitalisation ici, il faudra l'hospitaliser sous contrainte, que vous demandiez l'hospitalisation contre sa volonté et nous serons obligés de la transférer dans une unité fermée… Valentine a repoussé l'angoisse qui montait brutalement, elle ne pouvait pas entendre ça, elle ne voulait pas que cela se passe ainsi.

Je vais lui parler, il faut qu'elle reste, je vais lui dire…

Pour se reprendre avant de te rejoindre dans ta chambre, Valentine va chercher un café au distributeur qui se trouve dans le petit salon des familles, l'aide-soignante est là, elle fait le ménage, Valentine s'excuse de la déranger. Ne vous inquiétez pas, je suis Mylène l'aide-soignante de l'étage, vous ne me dérangez pas, mais ne bougez pas je vais vous chercher du café du service, il est quand même meilleur.

Elle revient avec un plateau, je vous ai mis des petits gâteaux si vous voulez en donner à Mme Durand… Vous savez hier je l'ai accompagnée dans le jardin pour se dégourdir les jambes, elle n'a pas ouvert la bouche, quand elle est comme ça, on n'a pas très confiance… elle a des choses en tête et on ne sait pas quoi… on marche un peu sur des œufs, et ce midi en revenant des électrochocs, elle m'a dit qu'elle allait partir, je lui ai dit que ce serait pour bientôt mais qu'il fallait attendre… elle doit être têtue comme femme, je le sens… j'ai prévenu l'infirmière, c'est elle qui a appelé le médecin…

Tu reconnaîtras facilement que tu t'es mise dans de beaux draps, toi qui as toujours voulu renvoyer une bonne image, voilà que tu l'as piétinée toute seule, ça ne va pas être simple de rattraper tout ça, terminé les constructions, les mises en scène, tu as été dépassée par ton propre théâtre, mais qu'est-ce que tu voulais tellement cacher ? Tu devais le sentir au fond de toi que ça n'allait pas tenir, que ça allait vriller, c'était pour ça tous tes efforts, mais là tu vas devoir te soumettre à la réalité, ça s'est vu que tu étais folle, et d'ailleurs va savoir pourquoi tu t'es mise à le raconter à tout le monde, tu aurais pu limiter la casse à celles et ceux qui t'avaient vue perdre pied, mais non tu t'es embarquée dans une mise au point tous azimuts, écoutez-moi, j'ai quelque chose à vous dire… une vérité enfin, pas de faux semblants, ça ne colle pas avec ta volonté de te dissimuler, le moins qu'on puisse dire c'est que maintenant tu avances avec sincérité, et c'est un bon test d'ailleurs, il y a ceux qui sont là, et ceux qui s'éloignent trop perplexes et mal à l'aise dans l'exposé de la folie. Alors tu as de la peine de voir l'éloignement, mais c'est toi qui l'as provoqué, on ne peut pas exiger que les gens supportent, même tes enfants n'ont pas très bien supporté, elles t'aiment quand même, mais maintenant elles ont peur encore, elles surveillent, et si ça recommençait, les enfants n'aiment pas voir leur mère devenir brutalement folle, une dépression ça se conçoit, on s'y fait, pas toutes ces idées délirantes, ces hallucinations, les injonctions suicidaires, c'est autre chose, là ce n'est plus le même monde pour elles, c'est comme si elles avaient un temps perdu leur mère, ça n'a pas duré, mais ça laisse des traces, alors on peut perdre sa mère dans un monde inconnu, et avoir peur de ne jamais la retrouver, elles t'ont retrouvée mais ce n'est plus pareil, elles font attention à tout, à ce qu'elles disent, à ce qu'elles pensent peut-être, elles t'appellent tous les jours pour savoir comment tu vas, elles font comme si tout était redevenu comme avant, mais c'est un effort, elles ne veulent plus de mère aliénée, et puis elles ne réagissent pas de la même manière, l'une fait comme si tout était déjà du passé, balayé, débarrassé, on passe à autre chose, c'est une décision ferme, l'autre se tourmente plus, elle a perdu ses repères, comment était-ce possible que sa mère soit dans un état pareil ? Comment peut-on traverser deux mondes et reprendre sa place comme si de rien n'était ? Quand tu leur as demandé de te raconter pour retrouver un peu de mémoire, elles ont d'abord dit non, c'était trop douloureux pour elles, et elles avaient peur de te faire de la peine, alors tu as essayé de les convaincre. Tu penses que tu ne peux pas avoir de peine en les écoutant faire le récit de ta propre traversée. Après ton voyage dans le monde des morts-vivants, sous le règne de la voix, privée de ton existence, ravagée par le pourrissement, coupable d'un crime dont tu ne sais rien, aux prises avec la disparition de tes organes, après ça, peux-tu encore éprouver de la peine? Tu ne crois pas. Peut-être qu'il n'y aura plus de peine après tout ça. Ce que tu risques c'est de trouver la honte, encore elle, mais tu veux savoir ce qui s'est passé en détail, tu es convaincue que c'est nécessaire pour passer à autre chose et reprendre ta place. Tu l'as bien abîmée ta place, même auprès de tes amis tu as fissuré quelque chose, tu sens bien qu'on ne te parle plus de la même manière, un peu comme si tu étais une enfant fragile, tu as perdu ta crédibilité, c'est sûr, avec un tel cinéma comment veux-tu qu'ils te considèrent comme stable, ils vont se méfier de tes réactions, et te ranger dans la colonne des précaires avec qui on ne peut plus être vraiment naturel. Depuis que tu es sortie de la clinique, tu ne parles pas au téléphone, à personne, sauf à tes enfants et à ta mère, tu ne vois personne, mais on te laisse des messages, vocaux, sms, et là tu vois bien ce qui a changé, le ton bas, la voix calme et adoucie pour être au plus près de ton nouveau statut d'handicapée, tu ne peux t'en prendre qu'à toi-même, eux ils s'adaptent à ce qu'ils pensent de ce que tu es devenue, une fragile imprévisible parce que ton voyage personne ne l'avait anticipé autour de toi, qui aurait pu imaginer un truc pareil, maintenant ils ont pris acte, c'est humain, et ne parlons pas des collègues à qui tu as eu envie aussi de le raconter, te précipitant même pour le faire juste en sortant de la clinique, quelle urgence pourtant? Tu as cherché à tester les uns et les autres, voir s'ils te rejetaient, si leur voix se modifiait après l'annonce, tu as bien senti le choc à l'autre bout du fil, et ils t'ont souhaité bien du courage. Du courage. Tu détestes ce mot, tu ne comprends pas ce qu'il veut dire, quel courage, pour quoi faire au juste ? Ton psychiatre te dit parfois que tu as été courageuse et que tu continues de l'être, tu ne sais pas, tu continues d'essayer de vivre, ça tu le sais.

D'ailleurs, si tu dois être précise, tu as chargé Valentine de dire à tout le monde ce que tu vis, à part pour trois collègues dont tu te sens proche, pour eux c'est toi qui t'en es chargée, mais pour les amis, elle a tout géré, et tu as insisté, tu leur as dit la vérité… Par contre, silence total à l'université et à l'hôpital où tu travailles, tu as laissé croire à une péricardite compliquée, impossible de dire ta folie, la honte, encore elle, toujours elle, et tu crains tellement de découvrir de la honte dans les regards posés sur toi, alors si tu te mets à tout déballer pour voir ce que cela provoque, tu sais qu'après il y aura des choix à faire, choisir entre ceux qui te regardent de travers et ceux qui maintiennent intacte leur manière de poser leurs yeux sur toi. Pour l'instant il y a une liste qui s'organise d'elle-même, les présents, les distants, les froids, les trop mielleux, les directifs, les tendres, les absents, tu feras le tri quand tu seras en état, en attendant tu surveilles ton téléphone, tu vérifies qu'on t'aime encore, malgré tout.

Timothée t'a trouvée éteinte, il a posé une question sur les électrochocs, il a dit que son père avait fait plusieurs séjours en hôpital psychiatrique, jusqu'à finir par se suicider en se mettant un sac sur la tête, vous marchez sur les trottoirs de la ville pour habituer Pacha aux bruits, aux voitures, aux vélos, pour qu'il supporte sa peur. Timothée le tient en laisse, au pied Pacha, assis, couché, pas bouger, au pied… Toi tu aimes être avec Timothée, chaque fois la même sensation, il parle de la vie, des chiens, sa voix oscille entre de la dureté et une tendresse réelle, et il y a son regard bleu. Pacha doit se plier aux ordres, la tonalité devient cassante, et quand il obéit, il reçoit des caresses abondantes, baignées d'une voix réjouie de félicitations. Toi tu n'arrives pas à faire tout ça avec Pacha, il ne t'écoute pas, peut-être qu'il entend dans ta voix la lassitude, la chute, le désordre qui reste, Timothée le sent aussi, il se met à te parler de tes livres, il en a lu un pendant que tu étais hospitalisée, il dit qu'il n'y connaît rien, mais qu'il a aimé l'écriture, moins l'histoire, une histoire de femme enceinte, pas tellement sa préoccupation, mais par contre il a compris quelque chose, tu es faite pour écrire, c'est comme ça, alors il faut t'y remettre, t'obliger, un peu tous les jours, c'est l'action qui permet de se sortir de tout ça, il insiste. Vous continuez de marcher, Pacha s'agite, tire sur la laisse en se braquant à chaque voiture qui passe, Timothée le reprend fermement, il saccade la laisse pour que Pacha arrête de faire des bonds. Vous retournez à la voiture, sur une avenue ensoleillée, de grands arbres dessinent des ombres parfaites, au moment de se séparer, Timothée te sourit, la prochaine fois qu'on se voit vous m'amenez ce que vous avez écrit, il sourit tendrement.

De longues semaines sont passées depuis la clinique, tu te terres, tu guettes ton propre retour.

Blanche vient te voir. Tu ne sais pas si ça te fait plaisir, c'est un effort pour donner le change, mais puisqu'elle vient sans avoir peur de toi, tu veux qu'elle te raconte, elle peut t'aider elle aussi, et peut-être que ça l'aiderait de partager avec toi. Elle hésite, elle ne sait pas si elle veut parler de tout ça, elle ne sait pas, puisque tu insistes, elle veut bien essayer.

Vous vous installez dans le petit bureau, Blanche prend place dans le fauteuil, toi tu te mets sur une chaise, il y a deux mètres entre vous, tu n'oses pas te rapprocher, tu déposes sur ses genoux le dictaphone. Pacha est venu se coucher à tes pieds. Blanche baisse les yeux, elle ne peut pas te regarder, elle hésite et commence…

Deux jours avant l'hospitalisation, Valentine lui téléphone, c'est le soir, juste avant de dîner, Blanche est chez son père avec deux amis, à l'autre bout du fil Valentine cherche ses mots, elle dit que ça ne va pas du tout, Blanche ne comprend pas, elle ne pose pas de question, Valentine parle d'une histoire de pourri, tu te sens pourrie, Valentine finit par lâcher que tu vas être hospitalisée, elle parle de délire, Blanche ne voit pas ce qu'il y a de délirant, elle ne sait pas vraiment ce que délirer veut dire, elle se tait, elle ne peut rien faire de l'affolement qui la prend.

Le lendemain, après sa journée de stage, elle décide de venir dormir chez toi et Valentine, elle est dans une maternité avec une unité pour les mères qui font des décompensations psychiatriques après l'accouchement, elle est chamboulée par ce qu'elle découvre depuis des jours là-bas, elle vient à la maison, elle veut te voir avant que tu n'ailles à la clinique. Valentine prépare les affaires, ta valise, toi tu es si loin, vide, tu ne parles pas, tu ne réagis pas à la venue de ta fille, tu déambules dans l'appartement, Blanche aimerait te dire quelque chose, mais elle ne sait pas quoi, Valentine a l'air épuisée, il y a beaucoup de silence. Blanche ne sait plus si elle a réussi à dormir, elle a guetté tes pas dans le couloir, tu t'es levée plusieurs fois dans la nuit. Au matin tu dois partir, tu ne manges rien, tu ne veux rien, tu flottes. Tu commences des phrases que tu ne finis pas, et brutalement sur le pas de la porte tu murmures que tu es folle, que tu es désolée d'être folle. Mais Blanche ne comprend pas ce qui est fou en toi, elle aimerait tant comprendre, elle pense que tu es très déprimée, pour elle ce n'est pas délirant de se sentir pourri quand on veut mourir, parce qu'elle sait bien que cela fait des mois que tu ne vas pas bien, elle s'est beaucoup demandé pourquoi cela durait aussi longtemps, tu avais vu des médecins pourtant… Elle n'avait pas réalisé que c'était trop tard, et que là sous vos yeux tu avais passé un nouveau cap. Elle ne parvient pas à se dire que tu délires, elle a l'impression que tu te fixes sur des idées qui prennent une ampleur inutile… Il y a des gens dont tu parles, tu t'emportes même en montant dans la voiture, il y a tous ces gens à qui il ne faut rien dire, parce qu'ils veulent te faire du mal, tu fais promettre à Blanche de garder secret ce qui t'arrive, bien sûr Maman, je ne dirai rien, je te jure, ne t'inquiète pas.

Quand la voiture s'éloigne, Blanche reste plantée seule sur le trottoir, elle a envie de pleurer, aucune larme ne vient.

Tu vois bien que c'est difficile pour Blanche de te parler, tu devrais avoir honte, tu vois ce que tu fais ? Tu hésites, puis tu te lèves et te penches pour la prendre dans tes bras, elle se laisse faire, elle pleure. Pardon mon cœur, on arrête, je te laisse tranquille, pardon…

Blanche reprend son souffle, je peux continuer si tu veux, je peux…

Au téléphone, tu dis n'importe quoi, Blanche se rend bien compte alors que tu délires, puis tu t'arrêtes de parler, et à d'autres moments les choses sont logiques, on dirait même que tu prends la mesure de ce qui arrive, tu parles de ta honte, c'est peut-être normal d'avoir honte quand on est déprimé, c'est possible… Quand elle t'appelle, tu lui racontes ce que tu manges, tu t'es remise à manger, tu parles aussi des autres malades, Blanche sent que tu as peur, tu ne veux pas sortir de ta chambre, mais elle ne sait pas de quoi tu as peur. Après les électrochocs, tu dis n'importe quoi, tu ne te souviens de rien, tu es perdue, Blanche aussi est perdue. Elle ne vient pas te voir à la clinique, elle ne sait plus pourquoi, elle est venue une seule fois te chercher pour aller se promener, et là, dans la rue, tu as l'air tellement malade, tu attends sans bouger, le regard dans le vide, on dirait que tu es shootée, c'est ça, shootée. Vous allez au bois de Vincennes, vous marchez, Valentine est là, Alice aussi, Pacha bien sûr, tu te mets à dire des choses étranges, tu dis que tu connais les gens que vous croisez, qu'ils ont tous un morceau de ton corps sur eux, une partie de toi, Valentine n'entend pas ce que tu dis, elle est devant vous, elle s'occupe de Pacha. Blanche a peur de ce que tu viens de dire, elle ne peut rien faire de sa peur. Tu ne veux pas marcher plus longtemps, tu es fatiguée, tu t'impatientes, il faut que tu dormes, alors vous rentrez à la maison, mais tu ne reconnais pas la maison, Blanche trouve ça terrible, elle essaye de se raccrocher à quelque chose qu'elle connaît, parce que ça lui arrive parfois de ne pas se sentir chez elle quand elle a le cafard, mais là c'est autre chose, elle comprend que tu ne les reconnais pas... Ton regard est plus lent que les mouvements de ta tête... Blanche ne supporte pas de te voir dans cet état... En te réveillant de la sieste, tu commences toute une histoire incompréhensible à propos de Pacha, tu es paniquée, Blanche n'en peut plus. Elle voudrait croire que tu as de nouvelles idées fixes, impossible de penser que tu délires.

Un dimanche soir, elle se souvient que tu l'appelles en disant que ça ne va pas du tout... parce que tout est du semblant, tu fais semblant d'aller bien, tu mens, tu n'arrêtes pas de mentir… Heureusement Valentine prend le téléphone, elle te dit des phrases calmes, il faut retourner à la clinique.

Blanche imagine que tu ne veux plus être hospitalisée, mais elle voit bien qu'il y a un problème avec tes permissions, elles sont trop longues, chaque fois c'est pareil, tu as mal, tu délires, tu rentres plus tôt à la clinique, et à ton retour le médecin dit que la permission est trop longue, que les séances d'électrochocs sont trop espacées, et pourtant chaque vendredi tu te débrouilles pour obtenir une permission, tu bernes ton monde, on te laisse sortir, tu arrives à expliquer que tu es tellement mieux, tu mens si bien pour sortir, et ça recommence, une fois dehors ça dégringole… Blanche ne comprend pas pourquoi on continue de te donner des permissions, elle n'ose rien dire à Valentine, elle a peur qu'elle panique, elle est tellement mal…

Quand ils t'ont finalement laissée sortir de la clinique en avril, parce que tu voulais être avec Valentine et que tu n'avais plus d'électrochocs, Blanche a eu peur, très peur, elle s'est dit que c'était dangereux, tu n'étais pas du tout dans ton état normal, tu parlais sans filtre, j'ai envie de me jeter par la fenêtre, aujourd'hui j'ai moins envie de me jeter, je veux mourir, je ne veux pas mourir… il y a des barreaux à ma chambre, je ne peux pas me jeter…

Et puis tu ne te souvenais pas d'avoir des enfants, tu avais même dit à l'infirmière que tu n'avais pas d'enfants… Il y a un délire aussi dont tu lui as parlé, une histoire avec les chambres à gaz et les trains de déportés, elle ne sait plus trop… Et tu avais une voix qui te donnait des ordres… Sûrement d'autres choses encore, elle ne sait plus… Elle s'est demandé si c'était héréditaire, elle a pu imaginer que ça lui arrive aussi, qui peut savoir ?

Ton regard fixe, lent, ton corps figé, un robot.

Quand le confinement a commencé, tout le monde s'est autocentré, ses amis lui demandaient moins de tes nouvelles, tout le monde avait l'air de faire comme si c'était fini, mais tu n'étais pas bien, tu ne parlais pas au téléphone. Quand elle pensait aux électrochocs, elle croyait qu'ils allaient te détruire le cerveau, et puis du jour au lendemain voilà que tu es rentrée à la maison… Vous ne vous êtes pas vues pendant deux mois. Tu avais changé de personnalité, ce n'était pas toi.

Enfoncée dans son fauteuil, en larmes, Blanche ne veut plus en parler, tu avais tellement changé, c'était comme si tu étais morte…

Tu es entre deux mondes, tu le sens, tu vois bien qu'il y a le monde de la réalité partagée mais toi tu es encore en lien avec celui de ta mélancolie délirante, quelques pas sur le côté et peut-être tu peux y retourner complètement, être reprise, tu fais attention, tu t'accroches au monde commun, mais de petits signes ne te trompent pas, des moments délirants encore, quand tu baisses ton traitement pour voir ce que cela te fait, ou une perplexité d'être là et absente à la fois, et même la mort qui t'ouvre les bras certains jours, sans explication, ou plutôt la seule explication c'est que le monde de la mélancolie est toujours en toi, il est bridé, sous contrôle, sous surveillance, mais tu ne l'as pas quitté totalement, et quand tu y penses, tu n'en reviens toujours pas, surtout quand on te raconte, tu te dis que tu as vécu dans un autre monde pendant plusieurs semaines, que c'est inouï. Tu es psychiatre, tu passes tes journées avec des patients qui sont dans un autre monde, tu sais parfaitement que ça existe, tu as pris soin de tant de malades tombés dans les mêmes affres que toi, tu savais à quoi cela ressemblait, tu savais la précaution que tu avais pour t'approcher d'eux, les soulager, les accompagner, mais cette fois il s'agit de toi, ce ne sera plus pareil, ta manière d'être psychiatre va changer comme tout ce qui te concerne à présent, les symptômes, les médicaments, l'hospitalisation, les électrochocs sont devenus un bien commun aux patients et à toi, un pont entre vous, c'est définitif. Peut-être qu'autour de toi on se demande comment tu vas être capable de retravailler un jour, comment avec ce panorama délirant tu vas pouvoir reprendre une place fiable, comme si Cotard avait gangréné ta capacité d'être psychiatre. Il y a un point délirant dont tu te souviens, quand tu avais dix ans, tu pensais que pour que tes organes fonctionnent il fallait que tu t'appliques à penser à eux pour qu'ils ne s'arrêtent pas, la nuit en particulier il t'arrivait de veiller jusqu'à l'épuisement, te concentrant sur ton cœur et ton cerveau persuadée que si tu relâchais ton attention, tout allait s'arrêter et que tu en mourrais. C'était bien avant ton voyage en mélancolie délirante. Et puis la question des odeurs, tant de fois tu disais sentir une odeur très forte que tu ne parvenais pas à décrire, ni à localiser, dont tu disais que c'était comme une sauce tomate venue de nulle part, il n'y avait ni cuisine, ni restaurant, ni poubelle, mais des odeurs qui n'existaient que pour toi. Ça aussi cela fait longtemps que ça t'arrive, le psychiatre de la clinique t'a dit que c'était aussi du délire.

Qui es-tu vraiment ? Tu ne sais pas trop, tu ne sais plus, à quel monde appartiens-tu ? Tu as fait beaucoup d'efforts pour vivre dans le monde partagé, tu as multiplié les stratégies, tu y es pas mal parvenue, après tout tu auras mis du temps pour que ça cède, et que l'autre monde t'emporte, mais il ne t'a pas gardée, les électrochocs ont su te ramener, alors tes rituels secrets pour être comme tout le monde, ce n'est pas forcément nécessaire de les reprendre, autour de toi on se questionne, mais en fait elle avait tout ça en elle avant, elle a tenu longtemps sans laisser paraître, et maintenant ils vont se méfier davantage, ils vont peut-être devenir sensibles aux détails, aux manières de faire qui jusque-là passaient pour des travers de ton caractère. Le caractère ne suffira plus pour comprendre, on gardera la petite liste venue d'ailleurs, celle de Cotard et de la mélancolie, comme une nouvelle lumière sur toi, tu ne vas pas pouvoir faire autrement, et s'ils se mettent à feindre d'ignorer, comme si rien ne s'était passé, tu ne sais pas si tu vas les laisser faire, tu as un peu envie d'arrêter de monter une scène de théâtre, tu voudrais du naturel, sans repousser personne, sans faire peur, tu es revenue c'est déjà ça de gagné, tu vas pouvoir alors te montrer telle que tu es, mais la vérité c'est qu'avec ce voyage, tu ne sais pas ce que tu es.

Tu te dis que tu as été folle, une bien étrange manière de te qualifier, tu ne parles jamais comme ça de tes patients, pourquoi te mépriser ? Sous les yeux de ceux qui t'ont vue, tu as été malade, tu ne penses pas qu'on ait dit de toi que tu étais devenue folle, mais à voir c'étaient bien de longs jours de folie. Tu ferais mieux de t'en tenir à la question du voyage dans un autre monde, parce que formellement c'est exactement ce qui s'est passé, tu es partie ailleurs, très loin, et tu es revenue, exactement comme si tu avais voyagé, le problème c'est que ce sont les autres qui en gardent des souvenirs, toi tu as quelques photographies en tête, quelques point sonores qui te restent, mais pas de récit magnifié d'un voyage à l'autre bout du monde, ce n'était pas magnifique du tout, c'était un grand voyage, coupée des autres qui n'étaient plus vraiment là, parce que tu étais obnubilée par l'autre monde, il s'imposait sans ménagement, ne laissant presque plus de place au monde auquel tu appartenais avant, heureusement Valentine est restée près de toi, elle ne s'est pas laissée expulser, sinon tu n'aurais pas su rentrer de voyage.

Tu as réfléchi à ce que tu aurais dû dire pour rester totalement cachée, ne pas t'exposer, il aurait suffi de dire j'ai fait un burn-out, ça suscite de la compassion, tout le monde sait ce que c'est, c'est même un peu tendance, c'est la souffrance partageable par excellence, chacun a ses exemples autour de soi de gens qui ont fait un burn-out, c'est éminemment respectable, ça n'occasionne aucune méfiance, ni rejet, au contraire, mais il fallait y penser avant de tout déballer, tu as choisi l'option transparence, alors ce n'est pas sans conséquence, forcément, tu leur as dit toutes les vérités, et tu voudrais qu'ils se disent que c'était un burn-out lisse et tout à fait acceptable. C'est raté, tu ne peux t'en prendre qu'à toi-même. Ton psychiatre t'a dit un jour de ne pas expliquer à tes collègues que c'était une mélancolie délirante, pour ne pas être stigmatisée, mais c'était déjà trop tard, tu avais appelé trois collègues que tu aimes bien, et ils t'avaient écoutée sans plus rien oser dire, effarés, pris au dépourvu. Si tu avais dû t'absenter pour plusieurs semaines de chimiothérapie ça n'aurait pas posé de problème, un cancer c'est convenable et ça guette tout le monde, mais le voyage ça passe moins bien, ça jette un voile trouble sur qui tu es, personne ne se pose de questions sur un malade d'un cancer du poumon, par contre évidemment quand on avoue qu'on a fait un drôle de voyage, ça ne fait plus la même chose, tu le savais pourtant, tu l'as bien cherché. D'ailleurs tu parles d'aveu, les ombres du crime encore, et si c'était la mélancolie délirante le crime, le crime contre toi-même.

Tu as manqué de naturel, jusqu'à ce voyage tu as toujours composé pour être celle que tu imaginais qu'on attendait, tu as manqué de sincérité aussi, à force de faire la scène, tu ne savais plus ni ce que tu pensais, ni ce que tu ressentais vraiment, parfois tu te demandais comment te sortir de ce cercle vicieux, par quoi fallait-il commencer pour que ça s'arrête ? Tu te demandais quels étaient les éléments qui te permettraient de te rendre naturelle, un ton de voix, une manière de regarder, d'écouter, tu tâtonnais et tu ne trouvais pas de réponse. Parfois tu t'imaginais interroger autour de toi pour comprendre, comment sait-on qu'on est naturel ? Toi tu percevais toujours un décalage, une dissonance dans ta voix, une sensation d'écart avec toi-même, une surprise même parfois face à tes propres émotions.

Avec ton grand voyage, il s'est passé quelque chose, le naturel est venu en toi, pas d'illumination divine, mais une sensation de toi différente, ancrée, juste. Il faut avoir parcouru des milliers de kilomètres vers une cité interdite pour vivre ce revirement. Il faut avoir traversé des montagnes de pensées folles, d'angoisses vertigineuses, des étendues vacillantes, submergée par la perte de toi-même et des menaces de mort imminente pour qu'enfin tu saches ce qu'être naturel veut dire. Tu pourrais t'en amuser, il n'est jamais trop tard, tu es bien née à Saint-Mandé, n'en déplaise à tes parents, tu ne leur dois plus la vie, tu l'as trouvée en toi, tu es née en voyageant là où personne ne veut aller, dans les contrées les plus effrayantes qu'il soit, et tu es revenue humaine et réelle, bien réelle, enfin. Il fallait perdre toute ton humanité dans un tourbillon, un cyclone, pour que tu trouves la forme exacte de toi-même. Pour ça il fallait bien rentrer de voyage, en avoir gardé quelque chose, même si les souvenirs te manquent, tu en as suffisamment de traces. Tu dois ton retour aux électrochocs, tu le sais, ce n'est pas un problème, c'est une bonne nouvelle, tu as de la gratitude, rien de barbare, au contraire. C'est ton désordre qui était barbare, lui seul.

Rapidement le virus entre en scène alors que tu es hospitalisée, c'est Valentine qui porte cette préoccupation pour toi, tu es d'abord complètement indifférente à ce qui se passe, tu ne te sens pas concernée, c'est quand on te dit qu'à cause du confinement tu n'auras plus de visites, que tu demandes à rentrer chez toi, ce n'est juste pas possible de ne pas voir Valentine, tu te confines avec Valentine, la ville lentement se dévitalise, mais toi tu es aussi confinée à l'intérieur de toi-même, dans une fatigue, une tristesse et des obsessions suicidaires qui te laminent encore. Tu es dans un temps encore un peu hors du monde, dans un combat qui se poursuit et il n'y a plus d'électrochocs pour t'aider, mais tu as ton psychiatre tous les jours au téléphone, tu prends des médicaments que tu supportes plutôt bien, et il y a une gangue en toi, autour de toi, qu'il faut réussir à traverser pour revenir tout à fait de ton voyage inédit. Sans oublier la vie qui colle au rythme d'une liste de recommandations indiscutables. Se laver les mains, mettre un masque, se tenir à distance, ne voir personne, ne pas sortir de chez soi, ou juste pour promener le chien, et tout devient alors incroyablement congruent à tes semaines hors du monde, tu es prise par un nouveau monde covid, assez fou, et dans le même temps tu dois te démener pour revenir d'une autre planète. Des semaines si particulières. Mélancolie délirante et coronavirus confinant rendent les heures irréelles, mais tu ne te plains pas, tu fais ce qu'il y a à faire, et ne voir personne est plutôt une nécessité pour toi, tu ne veux pas qu'on te voie dans ton état, tu as pourtant fait ton déballage et tu veux te cacher quand même. Pas très facile à comprendre ou à expliquer. De toute façon tu n'as même pas besoin de te justifier, les mesures barrières s'en chargent pour toi. Après, quand le déconfinement est là, il faut bien faire des phrases, par sms toujours, parce que les uns et les autres voudraient bien te voir, mais tu ne peux pas, l'idée même d'une conversation te semble insurmontable, trop d'efforts… tu dis à chacun la même chose, qu'il faut encore attendre que tu sois mieux. La vérité c'est que c'est difficile de devoir prendre sur soi pour avoir l'air d'être bien rentrée de voyage, c'est délicat de sentir que tu n'es pas tout à fait de retour, et que chaque jour il te faut continuer de revenir, et puis tu ne sais pas de quoi on peut se parler, si on parle de ton expérience tu crains que les mots soient vides, lisses, qu'ils ne disent pas l'intensité de ce que tu as vécu, qu'ils ne soient rien de convaincant, de radical, que ce soient juste des mots inconsistants sur une affaire qui a une telle consistance. Et si on n'en parle pas, tu te sentiras rejetée, comme si on ne voulait pas s'intéresser à ton histoire. Folle.

Avec le virus, Valentine s'est inquiétée, elle était certaine que tu allais l'attraper à la clinique, elle passait ses journées à te répéter de te laver les mains, de te tenir à distance des malades, et le confinement a commencé, les rues de Paris se sont vidées, c'était irréel, Valentine se fatiguait à s'occuper des chiens, Pacha ne supportait pas d'être dehors, chaque promenade était une épreuve, après il fallait promener le vieux chien, ça la mettait dans tous ses états cette ambiance de fin du monde… La route pour aller te voir à la clinique elle ne la supportait plus, elle était suspendue, angoissée, très, surtout quand il a fallu décider que tu allais sortir de la clinique, sans avoir eu tous les électrochocs, tu étais mieux mais elle avait peur, elle ne voyait pas comment tu allais supporter le confinement, comment tu allais supporter de ne plus avoir d'électrochocs, elle voulait quitter Paris, te mettre à l'abri à la campagne, le plus vite possible, les enfants étaient chez leur père, de toute façon vous n'alliez pas les voir, vous pouviez partir… Les choses se sont organisées, tu avais ton psychiatre au téléphone tous les jours, et vous veniez le voir une fois par semaine, Valentine était rassurée, toi tu étais perdue, mais tu n'avais plus de voix, tu dormais beaucoup, tellement triste encore, tu acceptais de parler un peu aux enfants, et tu avais l'air si peu concernée par le confinement, tu étais ailleurs, avec les effets secondaires des traitements qui te donnaient une démarche figée, un visage immobile, tu avais l'air vraiment malade. Valentine te surveillait beaucoup, mais elle était plus tranquille qu'à Paris, elle reprenait confiance, il fallait du temps, surtout du temps pour que tu redeviennes toi-même.

Ton psychiatre, il faut parler de lui, tu lui dois beaucoup, d'ailleurs tu l'aimes. Tu lui as toujours fait confiance, et quel que soit ton état tu voulais le voir, lui parler, tu te fiais à ce qu'il te disait ou presque. Tu crois te souvenir que tu as découvert à la clinique que tu allais avoir des électrochocs, en fait dès le mois de janvier, alors que tu avais accepté un antidépresseur, Guillaume t'avait prévenue que s'il n'y avait pas d'amélioration au bout de deux semaines, il faudrait faire des électrochocs, tu n'y as pas cru, tu ne t'es pas emportée, ce n'était simplement pas possible. Les premières fois tu allais le voir à 21 heures dans son bureau à l'hôpital, dans un couloir vide, sombre, un étage de consultations, tu étais ralentie, tu avais du mal à parler, et Guillaume prenait son temps, des questions précises, formulées doucement, il insistait chaque fois, vous êtes très sévèrement déprimée, depuis longtemps…

Il s'est mis aussi à téléphoner à Valentine pour bien se rendre compte de comment tu étais. Sa voix au téléphone te rassurait. Quand il a décidé de t'hospitaliser tu ne sais pas ce qu'il t'a dit, sauf qu'il allait venir te voir à la clinique, ça tu ne le voulais pas. Tu l'as eu au téléphone régulièrement, il était rassuré que tu répondes aux électrochocs, et toujours attentif à ce que Valentine disait.

En fait vous êtes collègues, tu l'as choisi après avoir participé à une soutenance de thèse avec lui, tu avais aimé sa manière de faire, et au bout d'un moment vous êtes passés au tutoiement, pourquoi ? quand ? impossible de le dire, tu ne sais pas si tu le désirais, ça a changé les choses, une distance en moins, et après l'hospitalisation il te téléphonait tous les jours, tu avais encore des idées délirantes et suicidaires, plus d'électrochocs et lui tenait sa place.

Il ne t'a jamais laissée en difficulté, même quand tu avais du mal à dire, il aurait pu regarder filer le silence entre vous, au lieu de cela il te questionnait pour que tu ne te caches pas dans ton silence, les questions revenaient fondamentales, les injonctions suicidaires, la voix, la traque du désordre pour ne pas te laisser seule avec tout cela. Avec humour parfois, gentiment, sans ironie. Alors un gourou ? Non un vrai psychiatre, et quand tu es revenue de ton voyage, il t'a fait rire en disant que tu avais fait sur lui un transfert massif, toi tu ne dirais pas les choses comme ça, enfin un peu quand même, massif juste de quoi t'accrocher et ne pas tomber pour toujours.

Mais tu as un peu bidouillé tes traitements, tu ne voulais pas grossir, tu tremblais, tu marchais comme un robot, le regard fixe, lent, tu as commencé par diminuer le neuroleptique sans rien dire, et les idées délirantes sont revenues, tu as eu peur, tu les as repris. Après c'est le lithium que tu as pris à ta manière, un jour sur trois, sans rien dire bien sûr, puis tu l'as repris, et encore diminué, c'était ta sauce, mais Guillaume s'en est douté, tu t'es pliée, pour l'instant il ne fallait pas toucher au traitement, pas encore, c'était bien trop tôt, mais tu avais ta hantise d'avoir l'air malade, que ça se voie comme quand on se promène dans un hôpital psychiatrique, surtout ne pas avoir l'air malade. Il faut attendre, prendre le temps, il le répétait souvent, il te disait qu'il fallait faire le tour du soleil pour sortir de cet épisode si grave, le tour du soleil, tu n'avais pas compris qu'il faudrait encore trois cent soixante-cinq jours après ta sortie de la clinique pour se sentir vraiment tirée d'affaire.

La marche lente, le regard absent, les gestes pris dans une gangue, tous les mouvements du corps ralentis, la tête et les yeux qui ont un moment de décalage quand ils se déplacent, le corps légèrement penché en avant, des tremblements de la main qui tient le verre. C'est comme ça que les autres te voient. C'est comme ça qu'on sait que tu prends des neuroleptiques.

Tu as insisté auprès d'Alice pour qu'elle te raconte aussi, plusieurs fois, elle t'a dit oui, oui mais pas maintenant… Un soir elle te dit qu'elle ne te racontera pas, qu'elle ne peut pas, vraiment pas, mais elle veut bien te donner un texte qu'elle a écrit au début du confinement alors que tu étais à la clinique encore, elle n'avait pas prévu de te le montrer… Elle n'en dira pas plus, tu ne dois plus insister.

J'aurai toujours rêvé de ce temps.

J'ai toujours rêvé d'un temps qui serait dédié à soi, un temps égoïste où je pourrais faire tout ce que je désirerais pour être celle que je rêverais d'être, écrire les choses que je rêvais d'écrire.

Dehors il y a le chaos et le silence et je suis là, seule, je l'ai ce temps dont je rêvais et je ne peux pas me réjouir parce que si je suis là, seule enfermée, comme d'autres sont seuls et enfermés c'est pour que d'autres encore ne meurent pas plus vite. Et alors j'entends le silence autour de moi, le boulevard le plus pollué le plus bruyant qui m'empêchait de fermer les yeux même pendant la nuit noire alors ce boulevard est désert.

Je me demande où sont tous ces passants, s'ils sont déjà morts ou en train de mourir.

Je pense à toi Maman seule aussi, tu ne te souviens plus de tout, peut-être heureusement. Tu es si loin de tout ce brouhaha infernal dans ce monde qui pourrit. Le monde pourrit parce que nous l'avons contaminé et toi tu es seule et tu ne te rends compte de rien. Tu ne sais même pas quel jour, quelle année, où est-ce que tu te trouves. Tu m'as dit hier que tu ne reconnaissais pas tes mains. Alors le monde est en train de pourrir mais toi tu ne te reconnais plus. Je tente de me persuader que si tu oublies c'est pour le mieux, que tes angoisses du passé ne t'auraient pas permis de faire face à cette crise. Cette crise dont je ne sais encore comment je la surmonterai. Le monde se fissure et je suis là sur ma chaise à attendre que la fissure parvienne dans mon appartement et j'attends, moi aussi de tomber.

Je vois ma sœur qui se lève chaque jour pour donner la vie à des enfants. Et je pense à ces enfants et je voudrais que ma sœur les empêche de sortir de ces ventres. Je voudrais que ma sœur de ses mains empêche ces êtres de voir ce qu'il se passe dehors, le chaos. Il faut que le chaos cesse et il ne faut pas que vous naissiez dans ce chaos. Je vous en supplie retournez dans vos mères car jamais vous ne pourrez retrouver cette paix. Ici c'est le chaos, ici la guerre règne, elle est invisible dans nos rues, elle est invisible dans certains pays mais les bombes continuent d'être visibles dans d'autres. Ici il y a le chaos et Maman ce soir je te demande de continuer d'oublier et ma sœur je te demande d'empêcher les enfants de sortir des entrailles. Il ne faut plus qu'ils sortent.

Je voudrais revenir maman, je voudrais revenir avec ma sœur, je voudrais que nous revenions. As-tu oublié Maman que nous sommes sorties de toi ? La semaine dernière tu m'avais oubliée mais est-ce qu'on peut oublier qu'un corps, un petit corps nous a écartée pour entrer dans le monde.

Maman ce soir je veux repartir du monde. Je veux écarter tes entrailles.

Maman.

Pourquoi t'es-tu donc mise à délirer brutalement? Pourquoi tu n'es pas juste restée déprimée, même gravement? Il y a eu un moment de bascule que tu ne t'expliques pas, tu te vois fatiguée, vidée, silencieuse, triste, avec une douleur non localisable, tu te souviens de ce glissement irrépressible, et un jour tu entends la voix, et tu te mets à délirer. Mais à quoi peux-tu relier cette apparition en toi du désordre? La tristesse intense ne se transforme pas nécessairement en désordre, voyons, réfléchis, tu es psychiatre, tu ne l'as pas oublié?

Le délire t'appartient, il vient de toi, personne ne l'a produit à ta place, il faut le reconnaître comme étant une part de toi-même, une part que tu ne dois pas négliger, si tu veux éviter que cela recommence, tu dois te le réapproprier, cesser de le regarder comme une donnée étrangère dont tu aurais été la victime, tu n'es victime de rien, ni de personne à part de toi-même, tu ne l'as pas décidé mais le désordre est en toi et à toi. D'ailleurs, il n'y aurait pas eu une douleur totale, des angoisses sidérantes, avoir été en dehors du monde n'aurait pas été un problème, au contraire. Un autre monde ce n'est pas une mauvaise chose en soi, ça a certains avantages, l'ailleurs, un vrai voyage, si on en revient, parce que si l'on reste coincé ailleurs c'est un problème, mais si on peut ainsi s'absenter, voir le monde autrement, voir des choses invisibles à l'œil nu, voir l'intérieur de soi étalé au-dehors. Un mouvement indicible t'a conduite vers ton délire, c'est bien ton délire, le chamboulement des sensations, des voix, des corps, c'est ton ouvrage, pas une œuvre.

Il y a une chose que tu n'as toujours pas dite, tu ne sais pas pourquoi. Pendant l'hospitalisation, tu ne sais plus quand précisément, tu avais une autre voix par moments à l'intérieur de toi, elle commentait chacune de tes pensées, chacun de tes gestes, de manière un peu ironique d'ailleurs, ça n'a pas duré longtemps grâce aux électrochocs, tu crois que c'était une voix de femme. Lancinante, elle ne te lâchait pas.

Tu es toujours entre deux mondes, et tu ne sais pas pour combien de temps, on t'a sortie de la période dangereuse, mais tu ne te retrouves pas, la douleur certains jours, les angoisses, les restes d'idées délirantes qui se montrent sans raison, mais tu fais bonne figure, le mieux que tu peux, tu peux passer des heures sans rien faire, juste à fumer, comme si tu étais encore sur la petite terrasse de la clinique, tu fumes, ça te calme, tes enfants te surveillent, et ta compagne ne dissimule pas sa fatigue, tu as intérêt à te tenir à carreau, tu vas à tes rendez-vous, psychiatre, psychanalyste, on te demande de marcher tous les jours, tu n'arrives pas à te bouger, on insiste, le corps c'est important, le tien tu ne le sens pas tout à fait à sa place, encore des efforts, quand est-ce que tu vas revenir complètement de voyage ? tu ne te lamentes pas, tu souffres encore, tu as honte que cela dure, que ça traîne, et l'ombre d'un châtiment mérité colle à tes pas. Tu prends tes médicaments avec à chaque prise une gêne, tu ne veux pas prendre tout ça, tu as peu d'effets secondaires, mais tu les connais, tu as si souvent prescrit les mêmes, la psychiatre est tombée bien malade, comment tu vas faire ? Tu essayes d'imaginer ce que tu penserais d'un collègue dont tu apprendrais qu'il a fait une mélancolie délirante, mélancolie passe encore, mais délirante, quand même, ce n'est pas la même chose, la fissure ne peut pas laisser indifférent, ça provoque un mouvement, un étonnement, si ce n'est un recul… Si la psychiatre est comme ça, il va falloir s'en méfier un peu, peut-être.

Tu es convaincue que ça va recommencer, tu ne sais pas quand, mais tu y retourneras, parce que la brèche s'est ouverte, elle ne se refermera pas complètement, et aux prochaines difficultés importantes de l'existence, tu risques de reprendre le même chemin, comme une aspiration par la brèche constituée.

Tu ne sentais ni le chaud ni le froid, tout ton corps était comme anesthésié, et la vue de gens que tu aimes ne te provoquait aucune sensation, tu étais inerte, vide, gelée. Et pourtant il y avait le mal de tête, et la douleur aux mâchoires après les électrochocs, ces douleurs répétitives, et il y avait aussi une douleur pénétrante que tu ne pouvais pas localiser, mais qui faisait mal à hurler, elle était là au fond de toi, enfouie et répandue par nappes dans les tissus profonds, une incohérence avec tout ce que tu ne sentais plus. Allongée sur ton lit, tu essayais de savoir quels angles de ton corps étaient bien ajustés sur le matelas, pas de zones de contact repérables, sous la douche tu voyais bien ruisseler l'eau sur des limites de ton corps mais ça ne te faisait rien. Ton corps remplissait l'espace, tu le voyais étendu, tu ne savais pas s'il y avait une butée, tu t'étalais sous tes propres yeux, et à l'intérieur de toi cela devenait comme une énorme cavité sans rebords. Allongée pendant des heures tu bougeais, te tournais, te retournais, mais tu n'éprouvais rien. C'était incompréhensible, avoir si mal, et ne rien sentir. En marchant dans les allées du bois de Vincennes, encore l'hyperextension de ton corps dans l'espace, tu devenais tout l'espace même, les gens croisés qui portaient des morceaux de ton corps étaient toi, un prolongement de toi, un élargissement sans limites de toi-même. Ta peau n'était pas une peau qui se touche, mais un étui mouvant, flottant loin de toi, jusqu'au ciel, jusqu'aux planètes, tu étais devenue aussi vaste que l'univers.

Tu veux demander pardon, pour la peur que tu as donnée autour de toi, pour l'effroi de tes enfants, pardon pour ce voyage que tu n'as pas demandé à faire, et qui vous a toutes entraînées, tu n'as pas voulu tout ça.

Qui es-tu ? Dis-leur, montre-leur, rassure-les, qu'ils te retrouvent. Tu es humaine, radicalement humaine.

Tu as peur de tout. D'attraper une maladie infectieuse si tu ne te laves pas les mains, peur que tes enfants soient agressés dans la rue, renversés par une voiture. Tu as peur de la guerre, des attentats, des trahisons, des faux amis, des manipulations sous un sourire affable, de la brutalité du monde, des camions sur l'autoroute qui roulent comme des furieux, des rencontres imprévues qui ne te laissent pas le temps de te préparer à ce que tu dois dire, de l'état du monde, des foules dans les escaliers, de la mort de ton chien. Tu as peur de mourir.

Qu'aimes-tu ? Infiniment humaine.

Tu aimes l'ivresse quand elle est joyeuse, les plages mêlées aux montagnes, les conversations rieuses, les souvenirs, les yeux de Valentine posés sur toi, la douceur de tes filles, les saisons qui marquent les forêts, la voix de Timothée, les lumières aux fenêtres, le moment où tu t'endors, les volets que tu ouvres, les chevauchées magnifiques de Pacha, les visites surprises, les coups de téléphone que tu n'attendais plus, les messages de ta mère, les longues routes en voiture.

Le terrain est un rectangle de trente mètres, clôturé, c'est là que Pacha est dressé, il apprend la marche au pas sa tête collée à ton genou, sur ta gauche, sans te devancer, sans traîner, sans s'écarter et s'arrêtant chaque fois que tu t'arrêtes. Il doit rester couché si tu t'éloignes et te dissimules derrière un paravent, il doit attendre sans te suivre. Il apprend aussi à rester sans bouger si des inconnus s'approchent de lui, l'appellent, il est censé n'obéir qu'à ton appel… Quand Timothée lui fait faire les exercices, c'est le plus souvent réussi, Pacha est docile, avec toi c'est plus aléatoire, il contourne, esquive, et finit par céder.

Une portée de chiots est née chez Timothée, huit petits malinois qui deviendront tous ou presque des chiens de ring, c'est le nom du concours dont Timothée est le spécialiste, il a déjà des clients pour ses chiots, il m'en parle avec précision, il passe des heures à les observer pour les connaître, et décrypter leurs comportements, leur caractère, il se fait une idée de quel genre de malinois ils seront pour les épreuves de mordant, de défense, d'obéissance, de saut, en fait dès les premiers jours il accumule des informations et en fera quelque chose plus tard quand il les prendra pour les préparer. Les épreuves du ring se font avec le maître, Timothée éduque autant les malinois que les maîtres. Tu l'écoutes parler des chiots, il te montre des photos, il détaille ce qu'il a déjà perçu chez certains. Vous prenez un café avant qu'il aille sur le plus grand terrain entraîner un jeune malinois de deux ans un peu nerveux. Timothée reprend son téléphone pour te montrer une photo d'une petite femelle en particulier, celle-là je vous la donne, elle est pour vous, elle saura vous protéger, je la dresse, mais je pense vraiment qu'elle est pour vous…

Plusieurs fois par semaine, tu retrouves Timothée sur son terrain, pas seulement pour dresser Pacha, mais pour être avec lui, le regarder travailler, pour bavarder un peu avec sa fille, cette adolescente qui connaît les chiens, leurs travers, leurs caractères, elle est fière de son père, de ce qu'il fait, de comment il le fait. Il y a ses deux fils aussi, plus jeunes, libres, jouant autour du terrain, ou s'occupant du chien de leur sœur. Toi assise sur une chaise de plastique blanc, tu regardes tout, tu ne veux pas que cela s'arrête, tu te sens si bien ici. Timothée le sait, il ne se moque pas, il t'accueille, il t'observe, vérifie que ça va, il vient se poser près de toi pour te donner des explications, pour que tu comprennes sa manière si singulière. Il a eu un maître pour devenir ce qu'il est, un homme qui lui a tout appris, avec une force, une habileté, une émotion aussi qu'il n'oublie jamais. Il a eu ce père-là, celui des chiens, celui qui l'a façonné, et le guide encore. Il faut savoir entrer dans son univers, suivre les variations de sa voix, les tensions de son corps, admirer ce qu'il obtient des chiens sans renoncer, faisant répéter les mises en place, les exercices pour que l'animal applique, se soumette à la règle, les malinois sont des mordeurs d'instinct, il faut qu'ils mordent, mais quand on leur en donne l'ordre, en suivant chaque injonction, mordre, lâcher, attaquer, bondir, s'immobiliser loin du maître, contenir l'énergie palpable qu'ils dégagent par instinct. Les propriétaires de malinois défilent, et tu vois bien qu'autour de Timothée un groupe soudé existe. Ton chien à toi, c'est une autre histoire, son instinct c'est la chasse, pas le mordant, Timothée ne se comporte pas de la même manière avec lui, et pour que Pacha accepte de se soumettre, il faut lui montrer qu'il n'a pas le choix, jusqu'à ce qu'il comprenne. Pour que Pacha soit libre, il doit d'abord éprouver que tout passe par toi, c'est Timothée qui te montre, tu imposes, tu décides les mouvements contraints, pas besoin de le faire travailler longtemps, mais il faut, sur des temps courts, être ferme, directive, et jamais hésitante, tu apprends à repérer comment Pacha se faufile entre tes tentatives pour le faire obéir, Timothée insiste, ne vous laissez pas faire, il va supporter, alors tu supportes cette mise en scène, tu exagères la colère dans ta voix, tu exagères tes caresses pour le féliciter, le récompenser, il est si sensible au théâtre.

Avant de quitter le terrain, Timothée et toi fumez une cigarette, buvez un café trop chaud, tranquillement, le temps de te demander si tu as un peu écrit ces derniers jours, le temps de te dire qu'il te trouve en forme, qu'il était content de te voir, le temps de parler du monde, des liens entre les hommes, de philosophie. Tu reviendras dans deux jours au plus tard. Pas pour Pacha, pour toi. Tu ne prendras pas le chiot, tu ne te vois pas avec deux grands chiens, plus tard peut-être, Timothée te sourit.

Tu t'aventures en forêt seule avec ton chien, il est sans laisse, il s'éloigne un peu, court comme pour s'envoler au-dessus des bosquets, il revient, te regarde, se place près de toi, te regarde encore, et s'autorise à repartir sans te perdre de vue, et dès que tu le rappelles, il accourt sans hésiter, te tourne autour, se colle à tes jambes, il ne te lâche pas. Les grandes allées s'ouvrent devant vous dessinant un chemin rassurant, tu ne vas pas te perdre, et tu as confiance, Pacha ne va pas fuir loin de toi, tout ce que Timothée t'a montré prend forme, tu poses ta voix pour que Pacha obéisse, tu marches les épaules redressées, tes pas sont réguliers, sûrs, et comme tu en as toujours rêvé, Pacha est libre. Tu respires lentement, tu prends la nature en toi, les semaines passées ne sont pas des menaces, elles deviennent des souvenirs, le monde reprend place, tu as vécu l'indicible, tu t'es perdue, mais tu te redeviens toi-même, presque, suffisamment en tout cas pour te promener seule en forêt sans hurler de peur, sans disparaître dans les replis d'une réalité invraisemblable. Tu peux vivre.

Le miroir au-dessus du lavabo de ta salle de bains est devenu un ami, c'est lui qui sait si tu es redevenue toi-même. Là ton reflet te rassure, tu te reconnais, tes yeux, tes lèvres entrouvertes, tes cheveux attachés qui ouvrent ton visage, c'est toi, tu le sens, tu ne doutes pas, et aucune folie ne trouble ta vue, le haut de ton corps qui se montre est à sa place, humain, charnel, féminin, vivant, tu respires, te souris, c'est toi, à nouveau toi. Oui tu te sens réelle, dense, une évidence retrouvée, au diable les errements, les distorsions intraitables, presque disparue la douleur qui te broyait en silence, tu pourrais fêter ton retour, mais tu te méfies encore, quelque part entre tes lignes surgissent les empreintes folles, elles sont toi aussi, soumets-toi à cela, prends-le en toi, ce qui est arrivé ne peut pas se réécrire, se dissoudre, c'est à toi, maintenant, lentement, retrouve tes places, toutes tes places, dessine ta géographie sans ignorer les terres visitées, les autres autour de toi ne les ignorent pas, de nouveaux paysages entre vous, il faut apprendre à les regarder et un jour peut-être à moins y penser. Pas à pas, étape par étape, comme Timothée dresse Pacha, le connaît, le maîtrise, lui donne de la liberté, laisse-toi guider en ouvrant tes épaules, en te tenant droite, le regard assuré, comme tes pas.

Remerciements à :
Franck Baylé, Catherine Chabert, Nicolas Danziger, Magalie Delobelle, Priscille Gérardin, Caroline Laurent, Jerôme Pradère.

Composition : Entrelignes (64)
Achevé d'imprimer
par CPI Firmin-Didot
à Mesnil-sur-l'Estrée, en avril 2021
Dépôt légal : avril 2021
Numéro d'imprimeur : 163525

ISBN : 978-2-7152-5716-0/Imprimé en France

394727